I0660331

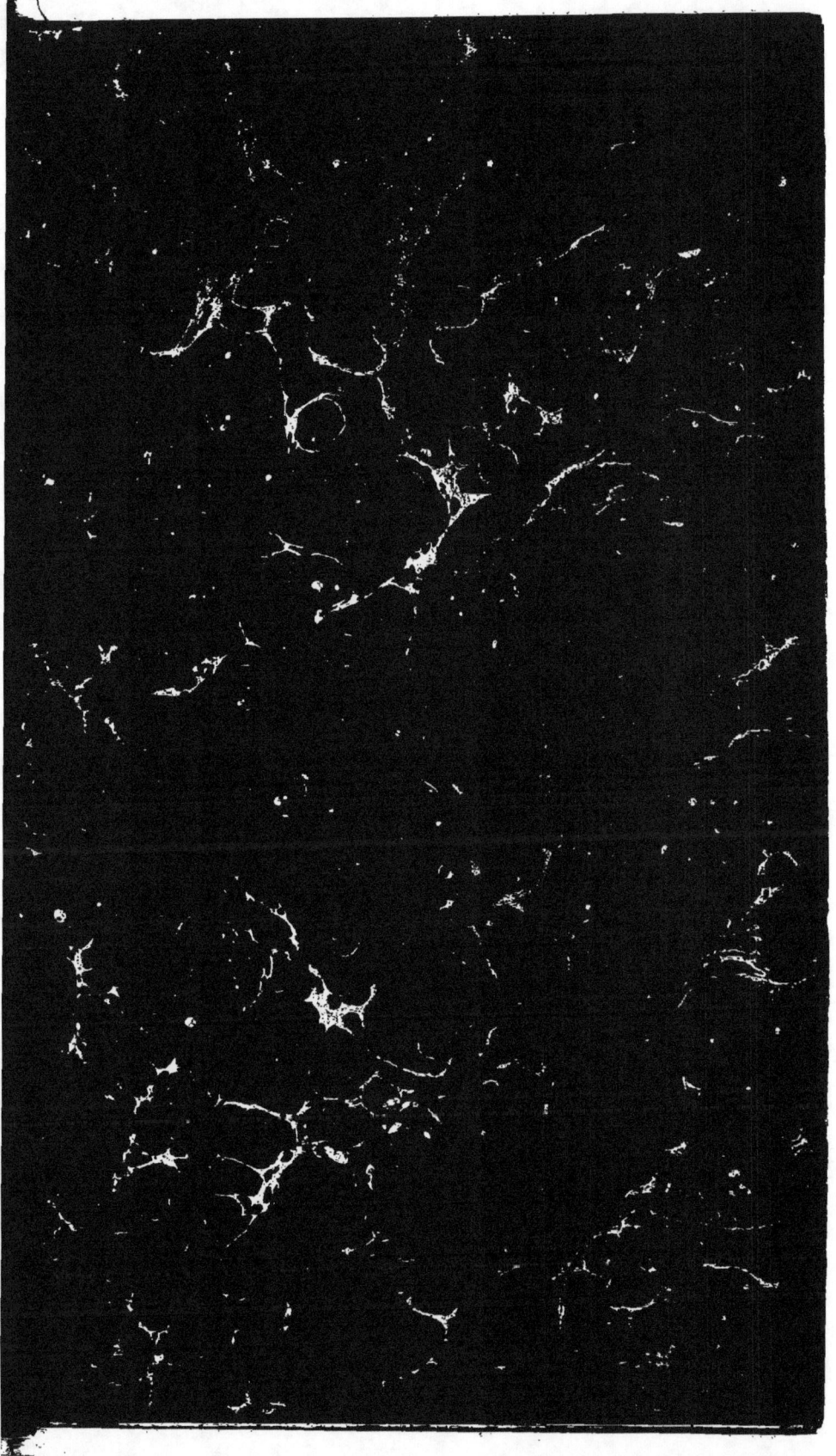

LES SOIRÉES

D'UN

OBSERVATEUR.

Troyes, Imprimerie de Vᵉ ANDRÉ.

LES SOIRÉES

D'UN

OBSERVATEUR,

OU

Mélanges critiques et littéraires,

Par M. le Baron DE MENGIN-FONDRAGON.

PARIS,

MÉQUIGNON-HAVARD ET Cie,

LIBRAIRES, RUE DES SAINTS-PÈRES, N° 10.

1827.

LES SOIRÉES

D'UN

OBSERVATEUR.

⁓⁓⁓⁓⁓⁓⁓⁓⁓⁓⁓⁓⁓⁓⁓⁓⁓⁓⁓⁓⁓⁓⁓⁓⁓⁓⁓

PARIS AU XIXᵉ SIÈCLE.

QUELLE ville que Paris ! que de ressources
en tous genres offre cette immense cité !
Le savant y trouve mille moyens d'étendre ses connaissances ; le gourmand d'y
assouvir sa gloutonnerie ; le joueur d'y
perdre sa fortune ; le libertin d'y ruiner
sa santé ; une jolie femme d'y ternir sa
réputation ; la prude d'y faire des dupes ;
la coquette d'y faire des esclaves et de
s'en moquer ; le mari d'y épuiser ses trésors
en enrageant, et sa femme d'en rire.

1

Le courtisan trouve à son tour à y satisfaire son goût pour les courbettes ; le charlatan y vend ses drogues ; l'intrigant y fait fortune ; le filou vole sans crainte ; le marchand trompe sans scrupule ; le riche financier, las de porter en tous lieux son oisive opulence, s'y fait rouler dans un char doré avec l'ennui qui partout l'accompagne ; le parvenu cherche à cacher sous un faste insolent son inique naissance, et éclabousse, sans nulle pudeur, l'infortuné dont il fut jadis le laquais.

La bienfaisance seule s'y cache, ainsi que la véritable indigence, ce qui fait que rarement elles se rencontrent ; tandis que la lâche fainéantise, traînant avec effronterie son corps sale et couvert de dégoûtants lambeaux, arrache à l'âme compatissante ce qu'elle destinait à l'infortune.

Tout est spectacle en cette ville : les lieux saints et les profanes, les athénées et les églises, les traiteaux et l'académie,

les lieux de débauche et les salons de
jeu, les boulevards et les Tuileries, les
restaurants et les cafés ; les ponts et les
quais y sont obstrués ; l'eau même de la
Seine, qui coule paisiblement sous les
arches d'un pont, fixe l'œil curieux de
plus d'un oisif. C'est bien pis encore
lorsqu'un flot de bois ou un bateau vient
à passer : les parapets alors sont couverts
d'observateurs qui ne s'éloignent de ces
objets intéressants que lorsqu'ils les ont
perdus de vue.

Plusieurs fois je me suis demandé
comment un peuple qui trouve tant
d'objets plus dignes mille fois de sa
curiosité, qui a tant de moyens d'employer son temps plus utilement ou
plus agréablement, s'arrête ainsi à considérer des objets si insignifiants, et que
mépriserait l'habitant de la plus chétive
bourgade.

En y réfléchissant, je crois qu'il en est
des yeux comme de l'appétit et de nos
autres sensations : l'homme blasé, ne pou-

vant plus alimenter ses goûts par des objets nouveaux qui aiguillonnent ses sens, est obligé de revenir au premier anneau de ses jouissances. De là vient qu'un gourmand dégoûté trouve le pain de seigle délicieux ; que l'homme opulent vante la simplicité des mœurs du village ; que le profond métaphysicien ne dédaigne pas quelquefois de rire en lisant le conte de Peau - d'Ane ; que le musicien, las de compositions pompeuses, revient avec délices à la naïve romance ; et que la plus élégante petite maîtresse croit se trouver de nouveaux charmes en se déguisant sous le costume d'une simple et *innocente* bergère.

Apparemment aussi que l'homme oisif, las de porter ses regards sur les magnifiques objets dont Paris abonde, cherche à reposer ses yeux en regardant... *couler l'eau*. Peut-être, me dira-t-on, que ce plaisir est par trop innocent; j'en conviens : et si c'est là l'effet de la satiété, je répéterai ce qu'on a dit bien avant moi, que l'homme qui veut jouir long - temps , doit goûter des plaisirs , mais non pas se blaser.

Un misérable se présente un jour devant un de ces hommes qui de leur ventre se font un Dieu ; il était à table devant des mets qu'il dévorait des yeux, mais dont il ne pouvait manger , l'appétit lui manquant ; le pauvre mendiant , dans l'espoir de l'appitoyer , lui dit : Monsieur, ayez pitié d'un malheureux qui meurt de faim. Ha ! lui dit en le renvoyant cet être méprisable , tu es trop heureux d'avoir faim !

Tel est le triste résultat de l'excès des jouissances : il nous réduit presqu'à l'anéantissement des sensations physiques, et nous prive entièrement des plus douces émotions de l'âme.

Personne, après Boileau, n'a su mieux dépeindre Paris, que SCARRON, dans ce sonnet que l'on répète toujours avec le même plaisir :

SONNET.

« Un amas confus de maisons,
Des crottes dans toutes les rues,
Ponts, églises, palais, prisons,
Boutiques bien ou mal pourvues.

Force gens noirs, blancs, roux, grisons;
Des prudes, des filles perdues,
Des meurtres et des trahisons,
Des gens de plume aux mains crochues.

Maint poudré qui n'a pas d'argent,
Maint homme qui craint le sergent,
Maint fanfaron qui toujours tremble.

Pages, laquais, voleurs de nuit,
Carosses, chevaux et grand bruit.
C'est là Paris, que vous en semble ? »

PALAIS-ROYAL.

———◆———

Le fils d'un de mes amis, jeune homme sans expérience, arrivait à Paris pour la première fois. Enthousiaste, comme on l'est à son âge, il contemplait avec délices tout ce que cette grande ville renferme de curieux et de magnifique. Un jour il entre dans ma chambre, et la tête pleine de ce qu'il avait déjà vu, et impatient de connaître ce qu'il n'avait encore pu voir, il me dit en m'embrassant : — J'apprends que ce que Paris offre de plus extraordinaire c'est le *Palais-Royal*. C'est un immense bazar, dit-on, qui contient un échantillon de tout ce que le monde renferme de richesse, de luxe, d'agrément, d'utilité et de plaisir. — C'est vrai, lui

dis-je , mais en même temps tout ce qui
peut exister de dangereux et de corrupteur. En moins d'une heure, la jeunesse
sans expérience, entraînée par les passions
qui la tourmentent, excitée par l'attrait
de tout ce qui peut les satisfaire , sans
Mentor pour la guider, peut ruiner sa fortune et sa santé , et perdre le fruit des
sages préceptes que des parents vertueux
avaient su lui donner. Il n'y a que l'homme
sensé , guéri par l'expérience ou éclairé
par la raison , qui n'ait plus à craindre
de tels dangers. En les connaissant il les
évite, profite de ce qu'il y trouve d'utile,
et rejette tout ce qui peut lui être funeste.
On peut , là comme ailleurs , faire un
cours de morale : l'abeille trouve à puiser
du miel, même sur les plantes vénéneuses;
et si vous le désirez, nous en ferons l'expérience.

Curieux de faire un cours aussi austère
dans un lieu si attrayant, il accepta avec
joie ma proposition, et en peu d'instants
nous arrivâmes au Palais-Royal.

Quoiqu'il eût déjà vu le Louvre, les Tuileries et le Luxembourg, il fut frappé de l'élégante simplicité de l'architecture de cet édifice. Il se crut tout à coup transporté dans quelque palais de la Grèce. Trois portes ornées d'une colonnade d'ordre dorique et surmontées d'une balustrade servent d'entrée. Après avoir traversé une cour assez vaste, on entre sous un vestibule soutenu par des pilastres et des colonnes également d'ordre dorique. A droite est un escalier magnifique, orné de fleurs de lis, qui mène aux riches appartements du plus riche Prince du sang. A gauche on voit une longue galerie soutenue par des colonnes de même ordre que les précédentes.

En sortant de ce vestibule, on entre dans une autre cour plus grande encore que celle qui précède, fermée des deux côtés par le prolongement de deux immenses corps-de-logis ornés de pilastres d'ordre corinthien, d'architraves, de corniches et d'attiques, et qui forment un immense rectangle, et sous lesquels sont des galeries remplies de boutiques. Au milieu de ce rectangle est un jardin bordé de quatre rangées de tilleuls, ayant au centre un bassin d'où jaillit une magnifique gerbe d'eau.

Ah! pourquoi, s'écria mon jeune ami, ce beau coup-d'œil est-il interrompu par ces affreuses baraques, appelées *Galeries de bois*, qui ferment cette cour? Par un mouvement involontaire on serait tenté de les renverser, afin de réunir au palais ce jardin et ces immenses bâtiments latéraux qui semblent n'en point faire partie. — Vous ne songez pas apparemment, lui dis-je, au revenu que le Prince retire de ces galeries, objet de votre courroux; ce revenu est considérable, et la moindre de cette foule de boutiques lui rapporte 12 ou 1500 francs par an. — Cela se peut; mais il est si riche, qu'il pourrait, ce me semble, faire ce sacrifice en faveur du beau lieu qu'il habite. Quelle différence si une grille remplaçait ces masures! et si au lieu de ces remises , de ces échoppes , de ces marchands de gâteaux et d'écritures , l'œil pouvait d'un regard observer ce bel ensemble si vilainement caché ! — Jeune homme, je pardonne vos réflexions indiscrètes en faveur de votre amour du beau et d'un enthousiasme si naturel à votre âge. Mais pour les interrompre, entrons sous ces galeries, et jetons-y un coup d'œil. — Je vois, me dit-il, une foule de libraires dont les magasins paraissent bien garnis. Combien il doit s'y trouver d'ouvrages nouveaux et intéressants, inconnus dans nos provinces ! Il n'est pas étonnant que les amis des sciences et de la littérature viennent en foule à Paris. Là seulement on peut s'instruire ; ailleurs on ne peut que glaner. — Je souris et lui dis : Si pour être instruit il faut avoir beaucoup lu, assurément Paris offre chaque jour un nouvel aliment aux amateurs de livres nouveaux. Mais aussi que d'ouvrages pervers, licencieux, impies et insignifians ! Les livres sont comme les pâtés de langues

d'Ésope, utiles ou dangereux ; et les plus
séduisants sont ceux qui précisément ca-
chent le poison le plus subtil. Lisez le
titre de toutes les brochures que l'on voit
étalées chez la plupart de ces libraires, et
jugez vous-même de l'effet qu'elles doivent
produire sur l'esprit, le cœur et les principes de ceux qui s'en permettent la lecture. Vous verrez partout débiter sans honte
et sans obstacle les ouvrages impies de
Voltaire, de Rousseau, etc., et d'une foule
d'auteurs imberbes et inconnus, qui, sans
talents, veulent attirer l'attention, et pour
vivre font des livres comme un marchand d'orviétans fait des drogues, et em-
poisonne ceux qui s'y confient. Les titres
pompeux et les gravures qui les décorent
sont un appât pour les dupes ; et ces ouvrages sont un excitant pour les gens blasés
sur toute espèce de jouissance, et qui
cherchent un irritant à leurs sens épuisés.

Ici sont des ouvrages politiques ou plutôt anti-sociaux qui, pleins de sophismes
et d'erreurs, ne taxent pas moins d'er-

reur la saine politique, et cherchent à renverser tout ce qu'il y a de bien, pour y substituer leurs extravagances, appelées pompeusement par eux *Preuves infaillibles de la perfectibilité humaine, Progrès des lumières, Idées libérales,* et qui nomment *préjugés* tout ce qui est sagesse, expérience et raison.

Là sont des ouvrages anti-religieux qui fourmillent de pensées impies, et dont le but est l'athéisme ou la religion naturelle. Parmi ceux-ci, le plus dangereux peut-être est celui intitulé *les Ruines.* Il est de Volney, et je ne puis le dire sans une vive douleur, c'est sous le gouvernement religieux de nos rois qu'on l'a laissé réimprimer et répandre! Gardez-vous bien de le lire, jeune homme; il ne pourrait qu'ébranler les principes encore mal affermis d'un âge sans expérience, et trop faible peut-être encore pour pouvoir résister au style brillant et aux raisonnements subtils de ce sophiste dangereux! Ennemi de toute religion quelconque, il les combat

toutes, et veut prouver que toutes, même
la religion chrétienne, sont établies sur l'erreur et inventées par le charlatanisme,
pour subjuguer la raison des hommes ; que
la vraie religion est la *Religion Naturelle*,
et que Dieu, *s'il existe*, doit se passer
d'hommages et d'autels. C'est à son propre tribunal qu'il appelle tous les hommes ;
et il cherche à leur prouver que le juif,
le chrétien, le mahométan et l'idolâtre,
ne diffèrent que de dogmes, de rites et
d'erreurs !

Ce livre est d'autant plus dangereux
qu'il n'est pas, comme les œuvres de Voltaire, rempli de plaisanteries absurdes et
dégoûtantes ; mais au contraire le sang-
froid et le raisonnement semblent l'avoir
dicté. On croirait que l'auteur, en le
composant, s'est servi de la règle et du
compas, et qu'il a, par ses démonstra-
tions captieuses, résolu des problêmes
d'algèbre ou de géométrie ; tandis que cet
édifice brillant en apparence, et qui semble être élevé par la raison, n'est en effet

que l'œuvre de la magie et du mensonge.
— Malheureux sceptique! et qui t'a chargé
de troubler ainsi ma croyance? qui t'a
donné la mission de venir m'arracher à ce
que tu appelles mes erreurs et mes préjugés? J'avais une religion, et tu me l'ôtes!
Infortuné en ce monde, j'espérais au
moins au bonheur éternel d'une autre vie,
et tu veux m'en priver! J'étais honnête
homme, et tu m'arraches les récompenses
que méritaient mes vertus! Je suis pauvre,
infirme, accablé de chagrins et de malheurs, la religion me soutenait, j'espérais
en la providence d'un Dieu de pitié, et tu
me dis que c'est à moi de faire mon bonheur, que Dieu, ou plutôt *la nature* nous
ayant donné à tous les mêmes facultés,
c'est à nous de savoir les employer; et si
après cela, je suis malheureux, tant pire
pour moi, je n'avais qu'à mieux faire.

Ainsi donc c'est ma faute si je suis pauvre, infirme, sans soutien, et sans secours;
et c'est en vain que j'invoque un Dieu
compatissant : il n'est plus pour moi de

Providence, et c'est à moi de changer mon sort! Et bien, puisqu'il en est ainsi, tu es riche, je suis pauvre; j'irai te voler, barbare! si tu résistes, je t'assassine; et si la mort est le châtiment que mérite mon crime, que m'importe, puisque tu m'apprends qu'il n'y a pas de vie future. En cessant de vivre, je cesserai de souffrir!... . Tel est l'effet de tes principes et de ceux de tes semblables. En arrachant l'espérance de notre cœur, vous nous privez, malheureux sophistes, de toute consolation, et nous portez au désespoir, à la fureur et aux crimes!

Me dira-t-il qu'avec sa *Loi Naturelle* il met un frein à mes passions? Qu'est-ce que cette prétendue loi naturelle qui ne satisfait ni mon cœur ni ma raison? qui ne me montre pas de législateur, et qui se borne à me dire : « Que nous ne sommes » heureux qu'autant que nous observons » les règles établies PAR LA NATURE *dans le* » *but de notre conservation;*

» Et que toute sagesse , toute perfection,
» toute vertu , toute philosophie , consis-
» tent dans ces axiomes fondés sur notre
» propre organisation :

   » Conserve-toi ;

   » Instruis-toi ;

   » Modère-toi ;

   » Vis pour tes semblables , afin qu'ils
» vivent pour toi » (*).

Ceci est bon pour vous, monsieur le Philosophe, qui, outre l'instruction, possédez
tout ce qui peut rendre l'homme satisfait:
richesses, bonheur, santé. Mais moi, qui ne
sais pas même lire , comment connaîtrai-je
les beaux préceptes de votre Loi Naturelle,
si on ne me les enseigne? Je ne puis plus
me fier aux ministres de ma religion depuis que vous m'avez démontré qu'ils
n'étaient que des imposteurs. Cependant
je suis pauvre, et malgré mes travaux et
vos préceptes , je ne puis acquérir de
richesses , pas même du pain que vos

(*) Loi naturelle , ch. XII. Conclusion

2

semblables souvent me refusent en dépit
de votre Loi Naturelle. Mourant de faim,
épuisé de fatigue, que faire? En prendre
où j'en trouverai, c'est également dans la
nature; et puisque la nature me laisse à
mon libre arbitre, il est temps qu'à mon
tour j'en profite pour vivre enfin riche et
heureux; et c'est chez vous, M. le Philosophe, que j'irai réclamer ce que vous
me promettez, avec de l'industrie, c'est-
à - dire, richesses et repos. Peut-être
qu'alors vous vous écrierez que j'en-
freins la *Loi Naturelle;* je vous répondrai que cette loi prétendue est bonne
pour les sots; que, puisqu'il n'est dans
l'autre vie ni peines à craindre, ni récompenses à espérer, il est bien juste que
je rende cette vie aussi douce que possi-
ble, et que vous ressentiez un peu à votre
tour la misère dont enfin je veux sortir,
parce que la *Nature* que vous substituez à
Dieu, ne m'a pas mis en ce monde pour
souffrir plutôt que vous, ni plus que vous.

En effet, il n'y a que l'idée d'un Dieu

juste, bienfaisant et compatissant qui puisse nous faire supporter les maux et la misère. Sans l'espoir d'une vie future, éternellement heureuse ou malheureuse, nous ne pourrions consentir à voir nos semblables dans l'opulence, tandis que nous mendions notre pain à leur porte souvent fermée aux malheureux. Bientôt ou ils partageraient avec nous leurs richesses, ou ils tomberaient sous nos coups. Car soyez bien certain que c'est moins la crainte des supplices qui suspend nos mauvaises actions, que l'idée terrible des châtimens éternels qui nous attendent après une vie coupable. Mais arrêtons-nous, et laissons à quelque habile théologien le soin de combattre un tel ouvrage, et de prouver d'une manière victorieuse l'absurdité comme l'horreur des principes qu'il contient.

Venons-en maintenant aux romans nouveaux. Ils sont nombreux, comme vous voyez, mais à l'exception de l'inimitable Walter-Scott pour la peinture des mœurs

et les caractères de ses personnages admi-
rablement dessinés, vous en trouverez bien
peu qui puissent former la raison et cor-
riger les mœurs du siècle. Les uns, comme
ceux de Mme de Staël, sont plutôt les œuvres d'un génie exalté que celles du sentiment et de la nature. D'autres auteurs
mêlent de l'amour et des idées romanes-
ques jusque dans leurs traités d'éducation. On en voit de plus absurdes qui,
voulant singer la plume inimitable de M.
de Châteaubriant, ont cherché à donner
le nom de romans à des espèces de poëmes
en prose, où tout est forcé, obscur,
invraisemblable. Cependant, parmi les
poëtes pindariques, il en est quelques-
uns de remarquables; entr'autres La Mar-
tine, Chénedollé et Casimir Delavigne.
J'y ajouterai peut-être Biron, poëte anglais plein d'enthousiasme, mais dont
l'ame sombre et mélancolique se peint à
chaque page.

Aux *Messéniennes* de Casimir de la Vigne,
remplies de beaux vers et de belles pensées,

il faut ajouter sa comédie intitulée *l'École des Vieillards*. C'est sans contredit la meilleure pièce de caractère qui ait paru depuis long-temps ; cependant il lui manque ce comique que l'on admire dans Molière ; et on peut plutôt la classer parmi les drames que parmi les comédies. Au surplus, c'est moins la faute de l'auteur que celle de notre caractère, devenu froid et sentencieux. On ne rit plus maintenant, on ne fait que sourire ; et, comme ses voisins, qu'il imite en tout, le Français est devenu sérieux, adonné aux spéculations, peu galant, peu aimable et encore moins plaisant.

Vous parlerai-je des autres pièces de théâtre ? peu iront à la postérité, et celles même qui ont eu le plus de succès, auront peine à trouver grâce auprès de nos neveux. On sait déjà que plusieurs n'ont obtenu la faveur que parce qu'elles ont été faites pour la politique du moment, et qu'elles disparaîtront avec elle. Quant aux autres pièces, presque toutes parta-

geront le sort des premières, non pour
le même motif; mais parce qu'elles ont
été moins reçues au théâtre à cause de
leur mérite que par le despotisme des acteurs du Théâtre-Français, qui reçoivent
ou refusent une pièce, non parce qu'elle
est bonne ou mauvaise, mais selon que
les principaux rôles savent plus ou moins
faire ressortir leurs grâces ou leurs talents. De là vient que beaucoup de pièces
fort belles ne peuvent obtenir l'honneur
de la représentation, tandis que d'autres
très - médiocres sont acceptées sur - le-
champ. De cette dépendance aux caprices
des acteurs, il résulte que les auteurs
n'étant plus libres de suivre l'impulsion
de leur génie, sont obligés, pour faire
jouer leurs pièces, de sacrifier une gloire
future et assurée à un triomphe éphémère.
— Qui a donc pu faire naître ce monstrueux abus? — Deux causes, la première que le Parisien, ivre de spectacles
comme autrefois le Romain corrompu,
a fait presque des dieux de ces histrions;

et par suite, comme cela devait être, les
a rendus fiers et insolents comme des
rois de théâtre; la seconde, qui en est
la suite, vient de ce qu'on a souffert que
ces mêmes acteurs devinssent sociétaires
du théâtre, et par conséquent juges des
pièces et maîtres de la scène, tandis que
leurs fonctions auraient dû toujours se
borner à amuser le public qui les paie.
Mais telle est en petit l'image sensible des
républiques, où l'on déteste le pouvoir
d'un roi, et où l'on se laisse gouverner
par d'habiles audacieux qui, par le talent
de la parole et un éclat emprunté, savent
émouvoir et subjuguer la multitude. Enfin
il est arrivé de cet état de choses, que de
tres-belles pièces n'ont pas été reçues au
théâtre par cela seul qu'elles n'entraient pas
assez dans le jeu des acteurs sociétaires,
ou bien parce que l'esprit ou l'opinion dé
l'auteur n'avait pas su leur plaire. Il faut
espérer qu'avec la légitimité tout rentrera
peu à peu dans l'ordre; et que le génie
bientôt ne sera plus l'esclave de ceux qui

n'en sont que les organes. Passons à d'autres objets.

Au fond de ces galeries sont des boutiques de marchandes de modes : c'est là que des femmes provinciales et étrangères vont se pourvoir, et font croire, de retour chez elles, qu'elles apportent les modes de Paris, tandis qu'elles n'ont réellement que celles du *Palais - Royal.* Mais laissons-les être dupes et se faire admirer ensuite de leurs compatriotes ébahis, et parcourons maintenant les immenses galeries de pierre, objet de votre admiration.

Je ne vous décrirai pas toutes ces boutiques que vous observez, et où l'utilité, le luxe, les richesses, l'élégance, offrent à l'étranger l'avantage de se ruiner en une heure de temps, si tel est son désir, ou au moins de se fournir en peu d'instants tout ce qui peut lui être nécessaire. Mais je vous arrêterai devant le café Valois, fréquenté depuis la révolution par les royalistes de toutes les provinces qui, en arrivant à Paris sont certains d'y rencontrer des personnes de leur opinion. Plus d'un infortuné, lors de notre affreuse anarchie, fut arraché de ce lieu et traîné au supplice par cela seul qu'il pleurait la mort de son Roi, et qu'il ne cachait pas la cause de sa douleur. Depuis lors le café Valois n'a pas cessé d'être le rendez-vous des victimes de la fidélité ou de tous ceux qui sont aujourd'hui prêts à tout sacrifier à la cause sacrée de la légitimité.

Un peu plus loin que le café Valois, remarquez-vous ces écriteaux de restaurateurs à 40 sous par tête pour un dîner? C'est là que ces mêmes royalistes, ces vieux chevaliers de Saint-Louis, ruinés pour la plupart, mais soumis à leur sort, vont prendre leurs repas; tandis que l'opulent financier, le riche parvenu, le joueur de profession et le dissipateur, vont chez Véry ou chez les frères Provençaux, consacrer à leur ventre un argent que réclame en vain l'indigent ou le créancier.

Ici est un escalier qui mène à un des

cabinets littéraires les mieux fournis et
le splus fréquentés de Paris. On y trouve,
indépendamment de tous les journaux
français et étrangers, et d'un nombre in-
fini de brochures nouvelles qui s'enfantent
tous les jours à Paris, une bibliothèque
de près de 20,000 volumes. C'est dans ces
cabinets que les auteurs, les politiques et
les amis des belles - lettres passent leurs
journées ; c'est là aussi que s'écrivent une
partie des articles des journaux et plusieurs des brochures qui vont ensuite
inonder la France. On y trouve du feu,
de la lumière, de l'encre, des plumes.
On peut y travailler depuis huit heures
du matin jusqu'à onze heures du soir
moyennant six francs par mois ; faible
somme, comme vous voyez, mais encore
assez lourde pour tant d'écrivailleurs qui
font un métier de leur plume, et dont ils
retirent souvent un bien mince profit. Des
garçons servent les abonnés et leur four-
nissent les journaux ou les ouvrages qu'ils
leur demandent. Ne croyez pas cependant

que ce soient toujours des savants qui fréquentent les cabinets littéraires. Le mauvais temps y attire souvent une foule de
désœuvrés qui, ne sachant où traîner leurs
pas, vont pendant une heure ou deux
y apporter leur ennui et leur nullité. On
y voit aussi force liseurs de journaux qui
semblent les dévorer, et qui pour cela
n'en sont pas meilleurs politiques, quoique parfois ils aient la constance de lire
le Moniteur d'un bout à l'autre. Ils ne se
refusent pas même le doux plaisir de lire
en entier les *Petites Affiches*. Aussi un
mauvais plaisant qui depuis long-temps
attendait un journal qu'un de ces ennuyeux
lecteurs tenait, fit en partant un écriteau
qu'il attacha à la porte, et sur lequel on
lisait ces mots :

« On invite ceux qui ne font qu'épeler à
ne lire que les journaux de la veille. »

Nous n'entrerons pas aujourd'hui en ce
lieu ayant d'autres choses encore à voir.

Je vous ai signalé tout à l'heure le café
Valois comme le rendez-vous des royalistes;

il en est d'autres qui reçoivent au contraire
tous les ennemis ou frondeurs du Gouvernement légitime, tous ces prétendus
partisans de la liberté qui regrettent pourtant le despotisme impérial.

Il n'en est pas de même du café de Foi
que voici : outre que tout ce qu'on y sert
est parfait, il est toujours bien composé ;
et s'il s'y trouve par hasard des personnes
de diverses opinions, au moins rien n'est
apparent, et tout est convenable. Autour
de ce poêle que vous voyez, sont ce que
l'on appelle les politiques du café. Ils
consomment peu à la vérité, ainsi le veut
l'ordonnance du médecin ou plutôt l'exi-
guité de leurs bourses; mais en revanche,
que de journaux ils dévorent! Les garçons
fort obligeants d'ailleurs, sont sans cesse
en mouvement pour leur en apporter ou
pour les leur retenir, et ils les occupent
plus que les gros consommateurs. Il est
vrai que ce sont des hommes importants,
des légistes profonds, des diplomates
consommés, même des ministres d'état,

qui réforment chaque jour non-seulement la France, mais encore l'Europe et l'univers. Le vieil empire Chinois est à la veille d'adopter leurs lois et leurs projets, et malheur à tout état qui ne suivrait pas leurs avis ! Aussi, armés de leurs parapluies et couverts de leurs vieux chapeaux, ils font la paix et la guerre; et la victoire comme la défaite ont été prévues par ces vastes génies. Cependant presque toujours l'événement est en opposition avec leurs prophéties. Mais ils ne sont pas moins certains de leur infaillibilité : car le Destin, c'est tout dire ; Jupiter même lui est soumis ; et qui pourrait lutter contre le Sort qui renverse les plans les mieux conçus?

Qu'est-ce, me demanda mon jeune ami après avoir quitté le café de Foi et continué notre promenade, que cette espèce de comptoir entouré d'un treillage en fil de fer qui renferme un homme assis devant des tas de pièces d'or et d'argent, et qui n'est occupé qu'à recevoir des billets en retour de l'or qu'il donne à pleines mains à ceux qui se pressent pour recevoir ce précieux métal? Est-ce qu'il suffit ici d'en demander pour en obtenir? — Il s'en faut bien, lui répondis-je en souriant; et cet homme qui vous semble si généreux retire bien le fruit de ses dons. On appelle ceci un bureau de change; les papiers qu'il reçoit sont des billets de banque, et ce qu'il donne en échange sont des pièces d'or ou d'argent dont il retient l'intérêt, et qui vont se dissiper souvent au n° 113 que voici. — Qu'est-ce que le n° 113? — Une maison de jeu, ou plutôt un tripot affreux, qui, le croirez-vous, se trouve protégé, ainsi que plusieurs autres, par le Gouvernement! — Par le Gouvernement? — Et qui bien plus en retire un impôt! — Oh quelle horreur! — Modérez votre indignation, jeune homme; cet abus existait avant le retour paternel de nos Rois. Eux-mêmes en gémissent et n'attendent que le moment où ils pourront le supprimer sans augmenter les

charges des contribuables. — Mais en attendant, il cause la ruine d'une foule
d'individus ! — C'est vrai ; mais la plupart de ceux qu'entraîne la passion du
jeu, quoique plus clandestinement, n'en
joueraient pas moins ; et le cultivateur, qui
à peine peut gagner sa vie à la sueur de
son front, verrait encore augmenter de cet
impôt ceux qui déjà l'accablent. — Ne
pourrait-on, par des économies sages et
entendues, diminuer les impôts de manière
à se passer de celui-ci qui révolte les sens
par son immoralité? — Depuis long-temps
les Chambres parlent d'économies, beaucoup de discours les réclament. — Et
bien? — Et bien, la tribune après en
avoir retenti, redevient chaque année impuissante, et on en attend encore les résultats (*). Cependant espérons qu'un

(*) On pourrait en dire autant de l'impôt établi
sur la Loterie, jeu encore plus funeste peut-être,
en ce que toutes les classes de la société y portent leur argent. Que l'on examine en effet les

jour enfin viendra où de si justes récla-
mations seront écoutées : en attendant,
pour vous donner une idée des funestes
effets de la passion du jeu, montons au
tripot et observons ce qui s'y passe.

A l'extrémité de cette table immense,
couverte d'un tapis vert, remarquez-vous
cet homme presque caché derrière un
monceau d'or? C'est ce qu'on appelle le
banquier. Et pour vous faire une idée
première de l'abus du jeu, vous saurez
que cette banque lui rapporte au moins

bureaux de loterie, on y remarque une foule de
gens de la classe la plus pauvre qui vont y sacrifier ce qu'ils ont pu gagner dans la semaine. Plusieurs entraînés par cette passion, vendent jusqu'à
leurs effets pour la satisfaire, et dans l'espoir trompeur de saisir enfin la fortune qui chaque fois leur
échappe. On voit ces misérables priver de pain
leurs pauvres enfants, les femmes voler leurs maris,
les valets voler leurs maîtres, et les maîtres eux-
mêmes se ruiner, en voulant par ce moyen accroître
leur fortune.... Et c'est au 19ᵉ siècle que l'on tolère
de pareils abus, et qu'on lève de tels impôts !

un bénéfice de quinze pour cent sur tous les joueurs. Aussi voyez son air calme et satisfait tandis que chacun tremble et se tait autour de lui, même celui qui gagne : c'est que lui seul sait tirer parti de la fortune inconstante, tandis que les joueurs, qu'elle semble favoriser, pressentent qu'ils sont bien près peut-être d'en éprouver les plus funestes revers !

Vous remarquez ici des gens de toute condition : le riche financier est assis à côté d'un rustre en blouse qui le gagne ; là, un jeune élégant est coudoyé par le laquais qu'il a chassé, et qui s'en venge en raflant l'or de son ancien maître, qu'il avait auparavant volé : tant il est vrai que le vice confond toutes les conditions ; c'est en vain que l'orgueil s'en révolte, il faut qu'il baisse ici le front : les passions l'ont vaincu.

Mais pour mieux juger encore l'effet des passions, observez les traits des joueurs; remarquez l'air insouciant de ceux qui gagnent : ils semblent prévoir que la

3

fortune va bientôt leur échapper , tandis que ceux qui perdent se livrent au plus violent désespoir ! Les uns s'exhalent en soupirs prolongés, les autres en murmures et en invectives. Voici un jeune homme qui entre : il est chargé d'un sac d'argent, et paraît être un clerc de notaire ou un commis-marchand ; cet argent lui fut sans doute confié. Osera - t - il bien compromettre ce dépôt? Il balance, il hésite ; son devoir, son honneur, sa probité le retiennent encore ; mais, pour son malheur, ses regards restent fixés sur l'or dont la table est couverte. Tentera-t-il la fortune à son tour? S'il gagne, il peut doubler la somme dont il est porteur, il peut en un instant devenir riche ; oui , mais s'il perd !.......
Hélas ! cette horrible pensée le retient à peine : l'œil toujours attaché sur cet or, il croit déjà le saisir ; il ne balance plus , il ouvre son sac, il répand sur la table ce qu'il contient. Le jeu est fait ; le sort prononce..... il a perdu !...... — Voyez son désespoir. Il sort : que va - t - il devenir?

Ciel ! un coup de pistolet se fait entendre...... l'infortuné n'est plus !..... Il n'a
pas voulu survivre à son malheur, et son
ame coupable fuit loin de son corps, pour
comparaître devant le souverain Juge !

Fuyons d'ici, s'écrie mon jeune ami
plein d'effroi; j'en ai assez vu pour être à
jamais à l'abri de la passion du jeu ! En
disant ces mots il m'entraîne précipitamment dans le jardin, où l'air qu'il respire
calme peu à peu son effroi et ses sens
agités.

Parmi la foule immense que la fin d'un
beau jour y avait rassemblée, il me fit
remarquer beaucoup de femmes jeunes et
jolies, dont la mise élégante et recherchée
ajoutait encore à leurs charmes naturels.
Il leur manquait, il est vrai, cette timidité,
cette réserve qui donne tant de prix à
la beauté; mais il les voyait vives, légères,
étourdies, folâtrant avec les hommes,
courant de l'un à l'autre, prenant le bras
tantôt de celui-ci, tantôt de celui-là, et
se livrant à la plus folle gaîté. — Quelle

douce intimité, s'écria-t-il, règne à Paris entre les deux sexes ! Point de gêne, point de contrainte comme dans nos provinces : c'est la nature dans tout son abandon ; c'est l'image heureuse de l'âge d'or. Mon ami, lui dis-je, modérez vos transports, et écoutez-moi.

Ces femmes, dont vous admirez la beauté, le prétendu naturel, comme l'heureux abandon, sont loin d'avoir les vertus de l'âge d'or et d'offrir les mœurs des femmes de Paris. Elles sont au contraire un objet de honte pour leur sexe et de mépris pour le nôtre. Sans pudeur et sans frein, non-seulement elles s'abandonnent à toute la fougue de leurs passions ; mais elles font commerce de leurs charmes, et vendent leurs faveurs à qui veut les acheter ! Et tel est l'effet d'une première faute, c'est pour l'avoir commise que la plupart, rejetées de la société des gens honnêtes, exercent ce honteux trafic, au lieu de pleurer leurs erreurs dans la retraite et de les effacer par le repentir.

Evitez, je vous en conjure, ces sirènes dangereuses. A votre âge, je le sais, on se laisse aisément enflammer par la beauté, et plus vivement encore lorsqu'elle promet une conquête facile, et qu'elle-même s'offre aux désirs. Mais sachez que la coupe de Vénus est ici pleine d'un poison subtil qui donne la mort, précédée des douleurs les plus cuisantes et des maux les plus affreux (1). Je veux vous en convaincre.

Alors, je le fis de nouveau monter au premier étage de ce palais d'Armide, en lui disant : Vous venez de voir tout ce qui peut charmer vos yeux, enflammer votre cœur, exciter vos passions ;

(1) Cependant, qui le croirait, non-seulement on tolère ce vice, mais, ô honte ! on en partage encore avec lui le bénéfice. Quel contraste ! d'une part on cherche à répandre les lumières de la religion, on veut lui ramener un peuple long-temps égaré, et de l'autre on perçoit un impôt sur les filles publiques, sans rougir de recevoir le produit du libertinage et de la démoralisation !

vous allez maintenant connaître leurs funestes résultats. A l'instant une porte s'ouvre, et nous nous trouvons dans un ap-
partement rempli de tout ce qui peut
révolter les sens et faire frissonner l'homme
le plus intrépide. Ce sont des figures en
cire représentant tous les maux causés par
les traits empoisonnés de Vénus.

A la vue de cette foule de victimes, de
la variété de leurs souffrances, de l'expression de leurs figures où se peignaient les
plus horribles douleurs, de la décompo-
sition de leurs traits, de la dissolution
même de diverses parties de leurs corps,
et des tortures qu'on employait pour les
guérir, mon jeune ami recula d'horreur,
et sortit précipitamment. Sombre et silen-
cieux, il hâtait ses pas pour s'éloigner
de ce palais que quelques instans auparavant il considérait comme un lieu de
délices; il détournait ses regards de
dessus ces femmes qu'il venait de comparer à des houris; et guéri, par ce qu'il
venait de voir, de ses premières sensations,

il me remercia des moyens que j'avais pris pour lui faire éviter les dangers du Palais-Royal.

Dès lors, il n'eut plus rien à redouter de son inexpérience; Paris fut pour lui sans dangers; il sut profiter de ce qu'il lui offrait d'agréable et d'utile, et évita tout ce qui s'y trouve de ruineux ou de funeste. Il apprit ainsi que Paris n'est dangereux que pour ceux qui y vivent sans guide et sans expérience, qui refusent d'écouter la voix de la raison, et qui, sans sagesse ni principes, se laissent aller à la fougue de leurs passions.

DIVISION DE PARIS.

Paris, pour un observateur, peut se diviser, quant aux mœurs, en six parties bien distinctes; savoir : le faubourg Saint-Germain, auquel on peut ajouter le faubourg Saint-Honoré, la Chaussée-d'Antin, le Marais, le Pays-Latin, le quartier du Palais-Royal et le quartier Saint-Denis.

LE FAUBOURG SAINT-GERMAIN.

On sait que Buonaparte a dit qu'il avait conquis l'Europe, mais qu'il n'avait pu subjuguer le faubourg Saint-Germain. En effet ce faubourg, habité alors par ce qu'il y avait de plus monarchique et de plus religieux en France, a toujours su conserver le feu sacré des principes les plus purs. Rien n'a pu les ébranler, ni la terreur, ni les supplices, ni la spoliation des fortunes, ni les banissemens, ni même tout le faux éclat de la cour de celui qui avait usurpé le trône des Bourbons, non plus que l'appât des grâces et des richesses n'a pu détourner ses habitans de la ligne tracée par leurs devoirs, ni les écarter des vertus transmises par leurs ancêtres : preuves convaincantes de l'effet moral que produit la noblesse sur le cœur de ceux qui la possèdent, et qui en sont dignes. On veut imiter ses pères ; on ne veut pas déshonorer son nom ; on veut le laisser intact à ses descendans : et ce pouvoir magique, indépendant de tout autre pouvoir, sait braver les persécutions, résister à la séduction, et consentir à tout perdre *fors l'honneur !*

Ainsi que l'ont prétendu des philosophes ou plutôt des insensés, je ne sais si la noblesse, la vraie noblesse, n'est qu'un préjugé; mais alors la vertu en est donc un également : car l'une et l'autre prescrivent les mêmes devoirs, c'est-à-dire, de vaincre ses passions; être soumis à son Dieu, dévoué à son Roi; défendre sa patrie; protéger le bon droit et l'innocence contre le vice et la déloyauté; combattre la trahison; empêcher l'usurpation; être juste, bon, humain à l'égard de tout le monde; se soumettre aux lois; sacrifier son bien particulier au bien général; supporter même l'injustice et pardonner jusqu'à ses ennemis. Certes, il faut en convenir, si ce prétendu préjugé impose de tels devoirs, non-seulement il est nécessaire, indispensable même, mais encore il est admirable. Et quelle autre récompense, en effet, la vertu pourrait-elle désirer et obtenir? Est-ce de l'or? mais ceux qui en possèdent sont le plus souvent les moins estimables. Sont-ce des places? mais l'intrigue et la corruption les obtiennent presque toutes. Est-ce la faveur? est-ce la renommée? mais le vice obtient souvent l'une et l'autre.

Ainsi donc il faut à la vertu une récompense pure comme elle, et qui, comme elle, indépendante de l'inconstante fortune, se transmette d'âge en âge, et apprenne aux générations futures à imiter les générations passées.

Or, la noblesse est un creuset où s'épure une race de l'alliage qu'elle pouvait renfermer, et qui, comme la vertu, la fait briller au-dessus d'elle-même et de tout ce qui n'a point encore subi la même épreuve. Ainsi donc la noblesse et la vertu me paraissent être synonymes.

Ah! combien heureux serait le peuple où un tel préjugé remplirait les esprits et les cœurs! tout le monde y serait noble, ou plutôt vertueux, et assurément un tel peuple serait admiré de l'univers. Mais en attendant qu'il en soit ainsi, revenons au faubourg Saint-Germain, et voyons si les mœurs y répondent à la conduite politique.

D'abord, il n'est pas de quartier qui offre plus de religion et de piété. Les

Eglises sont toujours remplies de fidèles
qui vont y implorer les secours de la
Divinité pour bien remplir leurs devoirs
religieux, politiques et sociaux. Nulle part
aussi, la charité modeste, n'est plus compatissante et n'accorde autant de secours à
l'indigence et à l'infortune. Là, des femmes
jeunes et de la plus haute naissance, vont
elles-mêmes dans le séjour du malheur y
porter des consolations ; et telle qui le
soir reçoit chez elle une société brillante
et choisie, paraît enjouée, aimable, vive,
a été le matin dans le galetas du pauvre,
lui tendre, les larmes aux yeux, une main
secourable. On y voit aussi les mêmes
femmes, au nom de la charité, invoquer
la bienfaisance des ames sensibles, monter
d'étage en étage, ne consulter ni leur
âge, ni leur délicatesse ; ne pas se rebuter
même par de mauvaises réceptions, par
des refus durs ou des dons faits à contre-
cœur, et souffrir ces mortifications par
esprit de religion et par zèle pour la bienfaisance, trouvant la récompense de leurs

peines, dans la paix de leur ame et dans le bien qu'elles ont fait.

Si l'on en vient à la société, celle du faubourg Saint-Germain fut toujours un modèle de bienséance, de politesse, de grâces, de tact et de bon ton. Là, on est poli sans affectation, gai sans licence ; on sait louer sans flatterie, blâmer sans aigreur, et nulle part l'homme bien élevé n'est plus à son aise, parce qu'il s'y trouve à sa place.

On dit parfois que l'homme poli est faux, mais d'abord qu'est-ce que la politesse ? c'est l'art de ne choquer aucune bienséance, de ne heurter aucune opinion, de ne blesser ni humilier aucun amour-propre, de ne manquer à aucun devoir de société, de savoir enfin rendre chacun satisfait de soi et des autres. Est-ce là de la fausseté ? non ; car la fausseté consiste à ne pas agir comme l'on parle, à se moquer en arrière de la personne que l'on flatte en face, à promettre des services à ceux que l'on ne veut

pas obliger, et même à les desservir sourdement ; voilà ce que c'est que la fausseté.
Or, telle n'est point la politesse. L'homme
le plus grossier peut être faux ; c'est un
vice du cœur, et non l'effet du bon ton,
que l'on ne peut acquérir que par une
bonne éducation.

Le faubourg Saint - Germain est donc,
comme l'on voit, une école de piété, de
bienfaisance, de politesse, de sentimens
nobles et généreux. On y est tout à la fois
homme de cour quant aux formes, et
honnête homme quant au fonds. De leur
côté les femmes savent joindre la grâce à
l'amabilité, la décence à la gaîté et la modestie aux vertus et au mérite. Enfin,
comme je l'ai dit, ce faubourg renferme
tout à la fois les vertus religieuses, sociales
et politiques.

On prétend que quelquefois la hauteur
s'y glisse. Mais quelques exceptions ne
doivent pas rejaillir sur le général qui
sait au contraire se préserver de ce défaut.

LA CHAUSSÉE-D'ANTIN.

Ce quartier est le temple que Plutus s'est choisi dans Paris. Le Pactole y roule ses flots d'or, et tout s'y ressent de sa présence. Là, plus d'un financier montre en tout son faste et son luxe. Hôtel vaste et magnifiquement meublé, riche et nombreux domestique, élégans équipages, repas somptueux, fêtes brillantes qui attirent des femmes plus brillantes encore, et qui, couvertes des diamans de l'Amérique, des riches tissus de l'Asie et des chefs-d'œuvre de l'Europe, ont l'air d'allégories vivantes représentant les quatre parties du monde.

Je ne sais, au reste, si c'est à la Chaussée-d'Antin que l'on trouve les meilleures femmes, mais assurément il en est peu ailleurs qui soient plus *chères* à leurs maris. Demandez à ces heureux époux ce que chacune d'elles leur coûte; ils vous répondront : Ce qui suffirait pour faire vivre à l'aise plusieurs ménages dans d'autres quartiers.... On ne peut donc douter que des femmes ainsi parées soient sans prix.

Tant de richesses nécessairement doivent rendre un peu fiers ceux qui les possèdent. Aussi c'est en général le défaut des favoris de Plutus : enveloppés de son auréole, ils croient partager sa divinité. Connaissant l'influence de l'or, ils savent s'en prévaloir, et sans cesse entourés de gens cupides qui les encensent, ils se croient presque une puissance. C'est là qu'il faut aller chercher la flatterie et apprendre jusqu'où elle peut s'étendre ainsi que la fausseté. Comme on y adule sans pudeur les dispensateurs des lingots et des billets de banque ! Les gouvernemens mêmes sont presque à leurs pieds. Comment n'en éprouveraient-ils pas de l'orgueil ? aussi en ont-ils beaucoup ; et cela doit être, puisque dans ce siècle surtout l'on n'a de mérite et l'on n'est considéré qu'autant que l'on est riche.

Cependant on prétend qu'en dépit des préjugés , on y porte envie au faubourg Saint-Germain. — Comment ils jalouse-raient la noblesse, eux qui semblent n'en faire aucun cas ? — Faut-il vous le dire ? C'est qu'ils sentent que si le vent du malheur venait à souffler sur leurs pa-rages , alors adieu palais , éclats , consi-dération , flatteurs, tout disparaîtrait à la fois.

Et la société ? — La société y est plus fastueuse que gaie, plus vaine que digne, plus prétentieuse que spirituelle. Les hommes sont trop préoccupés pour être polis , et les femmes trop maniérées pour être vraiment aimables.

N'y aurait-il pas dans cette critique, *Monsieur le Frondeur*, un peu d'envie ou de prévention ? — Nullement ; et je ne suis d'ailleurs ici qu'un faible organe de l'opinion générale. — Mais dans ce juge-ment , vous ne condamnez sans doute personne en particulier ? Non ; je sais même faire beaucoup d'exceptions, et

4

me plais à rendre partout et en tout temps justice à qui le mérite.

Me direz - vous un mot des opinions politiques de ce quartier ? — Le libéralisme, dit-on, y a du succès. Or, comme l'on sait, le libéralisme est un composé de républicanisme et de despotisme tout à la fois ; c'est-à-dire, qu'on y voudrait égalité parfaite entre toutes les conditions, à l'exception toutefois de la richesse, qui s'arroge la prétention de les dominer toutes.

Et les mœurs , on les dit assez faciles? — Je l'ignore ; il est vrai qu'en général l'effet des richesses est de séduire et de corrompre. Passons maintenant au Marais.

LE MARAIS.

Ce quartier a un cachet qui lui est propre ; et quoique la société qui l'habite puisse valoir celle du faubourg St.-Germain , elle n'offre pas cependant le même aspect : composée ou de gens de

l'ancienne cour ou de familles du par-
lement, elle est plus grave, plus austère,
et moins gaie en général.

Là, on n'est pas en province, et cependant quelquefois on doute si l'on est
dans Paris. Les rues sont pour la plupart
étroites et peu vivantes, les équipages
sont plus modestes, les hôtels plus anciens et moins élégamment meublés, et
comme la plupart des personnes qui y
demeurent ont été ruinées par la révolution, on y voit moins de luxe, moins
de fêtes brillantes qu'ailleurs. Mais en
revanche l'union et l'amitié habitent
le Marais. On se réunit beaucoup ; et
comme les mêmes personnes se voient
sans cesse, elles s'attachent plus qu'ailleurs les unes aux autres, d'autant plus
qu'on ne s'y recherche ni par calcul ni
par intérêt, mais uniquement par estime
et par convenance. Simples dans leurs
goûts, une modeste partie de wisk, de
boston ou de reversis, réunit chaque soir
de vieux amis, et leur fait couler ensemble

doucement la vie. D'ailleurs, les mœurs y sont généralement pures, les sentimens nobles, l'opinion parfaite, et la piété exemplaire, ainsi que la charité.

Les bons et estimables habitans du Marais n'ont donc rien à envier aux autres quartiers de Paris, et chacun au contraire peut désirer de leur ressembler.

LE PAYS LATIN.

Entre le faubourg Saint - Germain et l'Estrapade, il existe un quartier qui ne ressemble à aucun autre. On l'appelle le *Pays Latin*, et c'est là qu'à juste titre on peut s'écrier :

Rome n'est plus dans Rome, elle est toute où je suis !

En effet, on n'y lit que du latin, on n'y parle que de latin, on ne s'occupe que de latin. Loin de là, plaisirs trompeurs, dangereuse volupté, richesses corruptrices, femmes coquettes, hommes frivoles, fats ignorans et présomptueux ;

fuyez loin de ces lieux, vous n'y trouverez ni fêtes brillantes, ni courtisans,
ni adorateurs, pas même le *Journal des
Modes*. Ainsi comment vous plaire avec
nos Cicérons, nos Virgiles, nos Horaces,
nos Barthols et nos Cujas modernes? On
ne doit trouver ici que des esprits profonds, des hommes graves, sensés et
érudits, parlant latin ou grec, ennemis
des passions et guidés par la vertu.

On dit pourtant, et sans douleur je
ne puis le redire, qu'il n'est pas d'émeute
ni d'attroupement populaire où ne se
trouvent compris quelques - uns de nos
Catons modernes, et que nos législateurs en herbe, s'en vont alors dans les
carrefours montrer à la populace comment on affronte les lois, qu'eux-mêmes
doivent défendre un jour. Chacun, me
dira-t-on, s'amuse à sa manière; j'en conviens; et d'ailleurs qui sait si *Brutus* qui
depuis a renversé à Rome la monarchie,
n'a pas ainsi commencé sa carrière? Ah !
messieurs du *Pays Latin*, quel grand

homme que ce *Brutus !* et comment en
effet ne pas chercher à imiter ce fier républicain ! Oh ! s'il vivait encore, ce bon
père qui fit mourir ses enfans par amour
pour la république, avec quelle joie il
eût contemplé nos Brutus de 93, ren-
versant le trône antique des Bourbons,
égorgeant les Français par tendresse pour
la France, s'emparant du pouvoir par désintéressement, et asservissant et tyranni-
sant leur patrie au nom de la liberté, et
par amour pour elle ! — Oui, aujourd'hui
même, désespéré du retour de la monarchie, et frémissant d'une juste colère,
il se mettrait à votre tête, jeunes et dignes émules, et dans les occasions favo-
rables, accompagnant la populace, il
crierait avec elle et avec vous : Vive la
Charte ! vive la République ! vive l'Empereur ! à bas les nobles ! à bas les Prêtres, surtout les Jésuites ! et vous serrant
contre son cœur, il vous appellerait à
juste titre *jeunesse ardente, pensante, agis-
sante !* Malheureusement il en est peu

parmi vous qui soient dignes de son estime. Vos nombreux et timides camarades ne vous secondent pas, et ont même l'indignité de vous appeler brouillons, factieux, mauvais sujets, et de plus, mauvais étudians. Tant il est vrai que le mérite est toujours méconnu et inapprécié !

QUARTIER DU PALAIS-ROYAL.

Ce quartier est tout livré au commerce et à l'industrie. Aussi quel bruit, quel mouvement, quelle activité ! et dans les magasins et les boutiques, quel luxe, quelle variété, quelle élégance, que de richesses ! le goût y préside partout. Les besoins ou le caprice y attirent sans cesse une foule d'acheteurs ou de curieux. On prétend que l'art de tromper y est porté à un haut degré de perfection. Ce qu'il y a de certain, c'est que depuis long-temps Paris abonde en fripons et en dupes.

Quoi qu'il en soit, il n'est nul quartier qui captive plus un étranger. Ses regards étonnés ne savent où s'arrêter d'abord ; tout le séduit, le tente et l'entraîne : cafés, restaurans, spectacles, marchands de toute espèce ; palais, musiciens, promenades, charlatans, escamoteurs, femmes perdues ; tout contribue à ses jouissances et à sa ruine. Sa bourse bientôt s'épuise, et il quitte Paris, fatigué, dupé, malade et sans argent.

QUARTIER SAINT-DENIS.

Mais tandis que dans le quartier du Palais - Royal les marchands éblouissent les regards par le luxe et l'élégance de leurs magasins, qu'ils étalent tout ce qu'ils possèdent et même ce qu'ils doivent, et qu'ils se ruinent en ruinant les acheteurs ; tandis qu'à la Chaussée-d'Antin les spéculateurs de banque et de bourse tantôt sont au haut de la roue de fortune, et tantôt écrasés sous son char ; les

marchands probes et modestes du quartier Saint-Denis, satisfaits d'un gain honnête, fixent lentement, mais sûrement,
l'inconstante déesse. Ils n'habitent pas, il
est vrai, des hôtels; chez eux on ne voit
ni équipages, ni laquais; leurs femmes
ne sont pas chargées d'or, de plumes,
de diamans; elles n'ont point de loges
aux spectacles, et ne donnent pas de fêtes
magnifiques; leurs maris ne briguent ni
les places, ni les honneurs; on les entend
rarement déclamer contre tous les actes
du gouvernement : et simples, modestes,
sans ambition, s'ils ne cherchent pas à
éblouir, ils ne cherchent pas non plus à
tromper. Leurs plaisirs et leur mise sont
conformes à leurs mœurs et à leurs principes. Aussi les ménages sont parfaitement
unis, parce qu'ils possèdent la paix de
l'ame et de la bonne conscience. Contens
de leur sort, ils n'en cherchent pas de
plus brillant. Heureux, vers la fin de leur
carrière, de pouvoir laisser à leurs enfans
un magasin bien famé, en se retirant eux-

mêmes du commerce avec une honnête aisance, fruit de leurs honorables travaux, et de leur sage économie. Ils ne portent envie à personne, et chacun les estime. Telle est la douce récompense de la probité. Ah ! combien le commerce élèverait celui qui l'exerce, si toujours on prenait pour modèle le marchand du quartier Saint-Denis ! La vanité comme l'ambition serait moins satisfaite, il est vrai ; on brillerait moins, on serait moins entreprenant, moins téméraire ; mais aussi le navire auquel on confierait sa fortune, naviguerait sur une mer plus calme. On craindrait moins les tempêtes, les naufrages, et l'on ne courrait point à sa ruine et à celle des autres. La bonne foi d'ailleurs serait alors le guide constant du commerce, et comme il obtiendrait par cette conduite l'estime générale, chacun lui donnerait sa confiance.

En attendant que cet heureux changement s'opère, recevez, bons et honnêtes marchands du quartier Saint-Denis,

ainsi que tous ceux qui ailleurs vous ressemblent, l'éloge que mérite votre probité. Vous seuls soutenez le crédit du
commerce; vous seuls relevez cette bran-
che précieuse de la prospérité publique,
si honorablement exercée par vous. Per-
sistez dans cette louable équité. Gardez
cette simplicité de mœurs : c'est elle qui
conserve la vertu, l'innocence et le bonheur.

UN SONGE.

Un jour que je passais devant le palais du Corps législatif, je vis les nombreux degrés de son péristyle couverts d'une foule de gens oisifs qui attendaient depuis plusieurs heures le moment où quelques possesseurs de cartes d'entrée, fatigués de discours et de discussions, sortiraient et leur céderaient leurs places.

Tout en admirant ce tourment volontaire auquel ils se condamnent, et cela pour satisfaire une simple et oiseuse curiosité, j'entrai dans le jardin du palais Bourbon, possédé aujourd'hui par le dernier rejeton de cette maison illustre, qui ne produisit que des héros, qui fut

toujours le plus ferme appui du trône
de nos Rois dont elle descend , et qui,
sans un crime atroce , le serait encore
pour long-temps peut-être !

Après m'être promené quelque temps,
je vins m'asseoir sur un banc d'où j'a-
percevais, toujours immobiles , les amateurs avides de débats , soutenus dans
leur fatigue par l'espoir qu'enfin vien-
drait le moment où ils pourraient être
introduits dans le temple des lois.

Mais bientôt je sentis ma paupière fa-
tiguée s'appesantir, et le dieu du sommeil
me couvrant de ses pavots, m'apporta le
songe que je vais raconter.

Je me vis tout à coup transporté dans la
Chambre; en face de moi était la tribune
aux harangues. Le président était assis,
et le plus grand calme régnait dans l'assemblée. Ce qui surtout me surprit fut
de ne plus y apercevoir les trois démar-
cations si connues de centre (ou du ventre)
de côté droit et de côté gauche. Tous les
Députés , sincères amis du gouvernement

monarchique, étaient sans haine, sans partialité comme sans ambition. Ils n'avaient plus qu'une même enseigne, le drapeau blanc sans nuances et sans nulles traces d'anciennes couleurs effacées. Les Ministres, pleins de zèle, de talens, d'activité et d'abnégation d'eux-mêmes, n'avaient dans la Chambre ni amis faux et cupides, ni ennemis injustes et acharnés à leur ruine. Ils venaient à leur banc chargés de projets de lois depuis long-temps désirées et vainement demandées jusqu'alors à leurs prédécesseurs.

Ces lois furent discutées avec calme et dignité. On chercha à éclairer les Ministres sans les outrager. Le bien général seul dirigeait et Ministres et Députés, et tout élan d'amour-propre comme d'ambition et d'esprit de parti était banni des discussions. Dans le budjet à établir, on obtint des diminutions considérables par des réformes dans les charges, dans les emplois et dans les traitemens. On décida même qu'une foule de places salariées jusque-là par l'État, seraient désormais comme autrefois achetées par ceux que l'on croirait dignes de les occuper ; et par - là les charges n'étant plus vénales ne devaient être que plus honorables.

Quant au Clergé, il fut décidé que, comme l'Etat avait vendu ses biens, il pourvoirait à lui donner une existence convenable et indépendante, et qu'il déchargerait les départemens et les communes de tout supplément de traitement, parce que l'on sentit enfin que ces supplémens étaient un impôt réel, mais arbitraire, inégalement réparti et contraire d'ailleurs à la dignité du Clergé qui se trouvait ainsi sous une humiliante dépendance, et que loin de pouvoir faire l'aumône il était presque dans le cas de la réclamer pour lui-même, ce qui lui ôtait tout respect, et ne faisait plus considérer ses membres que comme des gens à gages, et leurs fonctions sacrées comme une servitude.

On étendit les pouvoirs des conseils généraux pour tout ce qui avait rapport aux intérêts des communes de leurs départemens.

La loi illusoire sur l'observation des fêtes et dimanches fut remplacée par une autre loi, sage, forte, précise et moins large que la première.

En conservant la loi sur la liberté de la presse, on sut en réprimer la licence, en flétrissant de peines infamantes les auteurs de tout écrit licencieux, impie, ou tendant à attaquer la religion, le gouvernement monarchique ou les mœurs ; parce que l'on sentit qu'il était inconséquent de punir sévèrement celui qui par quelque propos ou discours avait cherché à troubler la paix, l'ordre ou la morale, et de laisser impuni ou de ne condamner qu'à une faible peine celui dont les écrits, semblables au poison, s'insinuent dans toutes les veines du corps social, et corrompent non-seulement la génération présente, mais encore les générations futures.

Toutes ces lois, discutées avec sang-froid, zèle et dignité, furent adoptées avec transport et aux cris de vive le Roi.

Surpris et enchanté de tout ce que je voyais, vivement ému de cet accord unanime pour le bien public entre toutes les parties de la Chambre et le Ministère, j'allais sortir pour faire part de ma joie à mes amis, lorsque, m'éveillant tout-à-coup, je m'aperçus, hélas ! que je n'avais fait qu'un songe !... Je me retrouvai sur mon banc, et je vis de nouveau à leur poste les imperturbables amateurs de discussions et de disputes. Je m'en retournai tristement, en faisant le vœu qu'un jour ce songe pour moi si agréable, pût devenir pour tous une heureuse réalité.

UNE ILLUMINATION.

—◦◦◦—

UN soir (*), rentrant chez moi, j'aperçus
quelques maisons illuminées. Je crus
d'abord, sans m'arrêter au quantième
du mois, que c'était en mémoire de l'entrée à Paris, de M. le Comte d'Artois, (aujourd'hui CHARLES X), le 12 avril 1814.
Mais bientôt je me rappelai que nous
n'étions qu'au 8 , et que par conséquent
nul motif ne paraissait commander cette
illumination. Curieux cependant d'en
connaître la cause, je me mis à parcou-
rir quelques rues, lorsque, parvenu au
quartier St.-Denis , j'entendis l'explosion

(*) Le 8 avril 1826.

de quelques pétards, et aux cris ou hur-
lemens si connus de *vive la Charte!* dans les
jours d'effervescence, se joignirent ceux de
vive la Chambre des Pairs! Surpris, alarmé
même de tout ce que je voyais, et heurté
par un homme mal vêtu dont les transports accompagnaient l'ivresse, je lui de-
mandai la cause de ce qui se passait. D'où
venez-vous donc, me demanda-t-il grossiè-
rement, ne savez-vous pas que la Chambre
des Pairs a rejeté la loi d'aînesse? — Eh
bien? — Eh bien! c'est pourquoi nous
illuminons. — Mais que vous importe cette
loi? — Ce qu'elle importe à tout cadet
qui, pour son gueux d'aîné, se voyait dépouillé par elle de la part de succession
qui doit lui revenir. — Qui vous l'a dit?
— Le *Constitutionnel*, ce journal si véri-
dique et si ami de nous tous. — En ce cas,
il a dû vous instruire aussi que la loi était
facultative, et qu'on ne forçait personne à
la suivre, c'est-à-dire, qu'elle était presque
illusoire. — Je ne m'en souvenons pas;
mais tout ce que j'savons, c'est que le bon

Constitutionnel est encore plus partisan de
l'égalité que de la liberté, et moi j'voulons comme lui, liberté, égalité, frater-
nité ou la mort; et comme cette loi ré-
tablissait un privilége, j'n'en voulons
point. — Il n'y a pas de privilége dès que
chacun peut en profiter : d'ailleurs cette
loi avait pour but de conserver dans chaque famille le droit électif. Or, sans électeurs point de députés, et sans députés
plus de Charte. — Eh bien! la Charte se
passera de députés. — Mais ces marchands
qui illuminent n'ont rien à craindre de
cette loi, puisque la plupart ne paient
pas de contributions foncières; et vous
surtout, dont la mise annonce peu d'aisance, que vous importe une loi qui ne
peut vous atteindre? — Belle question!
Parce que j'aimons nos amis, qui se sont
toujours dits les amis du peuple, et moi
j'en sommes de ce peuple, et j'aimons le
bruit. D'ailleurs ils nous paient pour crier
vive la Charte, comme ils nous payaient
jadis pour crier vive la Nation, vive la

République , vive l'Empereur , à bas les
Nobles , à bas les Prêtres ! et comme j'aimons ceux qui nous paient et nous font
boire , j'voulons les servir fidèlement. A
ces mots il me laissa , et se mit de nouveau à crier *vive la Charte! vive la Chambre
des Pairs !* — On peut penser que honteux de la peine que je m'étais donnée à
vouloir éclairer cet être grossier , je m'é-
loignai promptement du son étourdissant
de sa voix de Stentor, et je laissai derrière
moi ce claqueur en plein vent remplir les
fonctions pour lesquelles il était si bien
payé. En reprenant le chemin de mon
logis , je réfléchissais péniblement sur les
moyens toujours nouveaux que l'on employait pour tromper le peuple , et sur
le trésor inépuisable que possédait le parti
occulte, trésor dont il se servait pour
soudoyer ainsi la populace et la faire
mouvoir à chaque occasion favorable. Je
ne pouvais douter que des mains invisi-
bles et puissantes ne fissent agir les res-
sorts de cette machine que le pouvoir

n'avait pu encore détruire ni même arrêter, et que l'or n'en fût le principal mo-
teur. Je ne pouvais également douter que
cet or ne provînt de toutes les quêtes,
censées faites au nom de l'humanité, tantôt pour le prétendu *Champ-d'Asile*, qui
n'existait pas, tantôt en mémoire d'un héros du parti, tantôt au nom des Grecs courageux et malheureux, mais dont le seul
mérite est celui de vouloir se former en
république; et voilà, me disais-je, comme
l'hypocrisie libérale sait, en provoquant
la charité, faire tourner ses bienfaits
contre l'humanité et contre la paix du
monde !...

Plongé dans ces tristes réflexions, j'allais atteindre la place du Palais-Royal;
lorsque j'entendis le bruit s'accroître, et
aux cris de vive la Charte, vive la Chambre des Pairs, se joignirent des injures,
des vociférations. J'entre promptement
dans un café encore ouvert. La foule approche, et je vois un ramassis de gens
de toute espèce, poursuivi par des gen-

darmes qui voulant la dissiper éprouvaient de la résistance. Enfin, ils parviennent à en arrêter un certain nombre, et la crainte d'éprouver le même sort fait taire et fuir le reste. Bientôt j'appris que parmi les gens arrêtés se trouvaient, comme dans diverses autres circonstances semblables, des élèves de l'École de droit. C'est donc ainsi, me dis-je, que des jeunes gens qui étudient les lois, se préparent à entrer dans le monde pour les défendre? Ce sera donc parmi des pertubateurs que l'on choisira un jour des juges, des avocats, des magistrats? Dans quelles mains, grand Dieu! seront placées nos destinées! Quelle confiance pourra-t-on avoir en ceux qui commencent leur carrière en excitant les troubles et l'insubordination? Si eux-mêmes méconnaissent les lois, comment les feront-ils observer aux autres? Si eux-mêmes se déshonorent, comment défendront-ils l'honneur d'autrui? Si eux-mêmes sont atteints du glaive de la justice dont ils sont destinés à

frapper des coupables comme eux , pourra-
t-on croire à leur équité et à leur impartialité , eux qui n'agissent que par esprit
de parti? Voilà cependant ce que nous
valent les fausses lumières de ce siècle
pervers et corrupteur. Elles séduisent
par leur éclat trompeur une jeunesse sans
expérience et toujours flattée ; elles la
guident dans le chemin du déshonneur
en portant sur les vices le coloris des
vertus et divinisant même les passions.
Enfin ces lumières entraînent dans l'a-
bîme ceux qui par elles croyaient s'elever
au faîte de la gloire (*).

(*) « Jamais, dit l'auteur de l'Esprit de l'Histoire, un jeune Spartiate n'aurait osé demander la
raison d'une loi. Cette question lui était formelle-
ment interdite : il aurait pu combattre ou discu-
ter la loi ; or, la loi ne tolérait aucun examen :
elle ne voulait que l'obéissance.

» Elle exerçait cet empire absolu sur les choses
les plus simples. Persuadé que l'impatience et la
présomption des jeunes gens sont trop souvent
la source des maux publics, Lycurgue les avait

Factieux hypocrites , journalistes sans pudeur , écrivains impies et séditieux , voilà votre ouvrage , et voilà le sort que vous préparez à la jeunesse dont vous corrompez l'innocence. Vous êtes , oui vous êtes les seuls coupables et non pas elle : car en séduisant son inexpérience , vous ne faites servir vos tristes talens qu'à exciter ses passions, pervertir ses intentions et diriger ses actions vers le mal. Elle est, il est vrai, l'arme dont vous vous servez ; mais la main qui la fait agir se cache dans l'ombre, ou sous le manteau de la science et de la philosophie. C'est donc la main qui est coupable, c'est donc elle et non l'instrument qu'il faut chercher, trouver et punir. Ce sont vos écrits qu'il faut anéantir, et c'est votre nom qu'il faut maudire. Oui, l'on devrait mettre sur la porte de toutes les Ecoles, comme au coin de toutes les rues, cette sentence effrayante :

astreints au silence , ou du moins à la plus grande réserve dans leurs discours. »

(Esprit de l'Hist., t. 1, *p.* 212.)

Maudit fut Erostrate pour avoir brûlé le temple d'Ephèse !

Maudits soient à jamais les prétendus philosophes modernes, qui ont détruit la religion, corrompu la jeunesse et perverti la société !

MESSIEURS DU LUSTRE

ou

DE LA CLAQUE.

Autrefois le parterre était le juge suprême des pièces nouvelles. C'est lui qui
décidait de leur triomphe ou de leur chute.
Son arrêt était sans appel, et une pièce
sifflée était impitoyablement retirée du
théâtre, ou n'y reparaissait que dépouil-
lée de ses défauts. Mais maintenant que la
cabale et l'intrigue ont envahi même les
théâtres, le jugement du parterre n'est
plus aussi certain, ou plutôt, ce n'est plus
le parterre qui décide du sort d'une pièce,

mais des gens salariés pour ou contre l'auteur, qui s'y introduisent et qui couvrent
sa voix. Tout à Paris est métier maintenant; on agiote et l'on spécule sur tout; et
les théâtres ont, comme la bourse, des
courtiers de change qui jouent à la hausse
ou à la baisse.

On sait que le critique Geoffroi, succes-
seur de Fréron, avait avili sa plume, si digne d'un plus noble emploi, en la rendant
vénale. L'auteur, comme l'acteur, payaient
chèrement un article de feuilleton en leur
faveur; et malheur à ceux qui n'employaient
pas auprès de lui ce moyen : la critique la
plus amère, et souvent la plus injuste,
était alors leur châtiment; et le jeu le plus
parfait de l'acteur, comme le talent le
plus connu de l'auteur, ne les sauvaient pas
du poignard satirique de ce folliculaire.
Il est mort, mais son système funeste lui a
survécu; et l'envie, comme l'intérêt, s'en
servent toujours en employant d'autres
moyens. Par exemple, veut-on faire réussir
ou faire tomber une pièce? veut-on faire

recevoir ou éconduire un acteur débutant?
alors on salarie un certain nombre de
drôles que l'on introduit clandestinement
au parterre, et qui déjà sont placés lorsqu'on y admet le public, ce qui fait que
la salle souvent ne peut contenir tous ceux
qui ont obtenu des billets, quoique ces
billets n'outrepassent pas le nombre prescrit et autorisé.

Ces honnêtes salariés ont soin de se placer dans différentes parties de la salle, mais
particulièrement au-dessous du lustre,
afin que ceux qui les paient puissent observer leurs actions, et juger de leurs
prouesses. On appelle ces hommes estimables *Messieurs du Lustre ou de la Cla-
que*, par allusion au lieu où ils se placent
et à leurs nobles fonctions. Lors donc qu'ils
sont payés pour applaudir, c'est un bruit
effroyable de claquemens : mais, comme
tout leur mérite est d'avoir de grandes
oreilles, et des mains dures et larges ; que
d'ailleurs ils ne connaissent ni la composi-
tion d'une pièce, ni l'art de la musique,

encore moins la construction d'un vers ou d'une phrase, et qu'ils sont incapables de juger par conséquent ni les talens d'un auteur, ni ceux d'un acteur, ils applaudissent ce qu'ils devraient siffler, et sifflent ce qu'ils devraient applaudir, malgré les instructions qu'ils ont dû recevoir de leurs banquiers. A la vérité, ils ne peuvent commettre ces fautes que lors des demi-succès ou des demi-défaites; car lorsqu'ils doivent prononcer en dernier ressort, alors le bruit ne cesse pas, et le vacarme est tel que l'on ne peut plus s'entendre. En vain le public impartial, pour juger par lui-même, cherche à leur imposer silence, rien ne peut arrêter leurs claquemens ou leurs sifflets et trépignemens, et par-là triomphe la cabale. Voilà souvent comme maintenant se décide le succès ou la défaveur d'une pièce ou d'un acteur. On sent bien toutefois qu'un tel jugement n'est pas comme autrefois sans appel; aussi arrive-t-il souvent qu'une pièce ainsi reçue est, peu de temps après, retirée du théâtre, tandis au contraire qu'une autre sifflée d'abord , est ensuite vivement applaudie quand la cabale n'est plus soudoyée.

On n'en doit pas moins déplorer un tel état de choses ; car il ne peut que nuire au talent, en ce qu'il décourage celui qui débute dans la carrière, lorsqu'on le siffle, et qu'il se voit condamné par des juges aussi méprisables ; s'il réussit au contraire , il ne peut être flatté de son succès, puisqu'il sait ne l'avoir obtenu que par intrigue et à prix d'argent.

LA BOURSE. *

❧❧❧❧❧❧❧❧❧

Il existe à Paris un temple fort fréquenté ;
non celui du vrai Dieu dont beaucoup de
gens se soucient peu, mais un temple magnifique élevé en l'honneur de *Plutus*, seul

(*) Bruges est la première ville où l'on se soit
servi de ce nom pour désigner une réunion de marchands qui s'assemblent pour parler de leurs affaires. Il provient, selon Guichardin (*Description des
Pays-Bas*), d'une ancienne maison qui appartenait
à la famille de *Vander-Bourse*, et qui était en face
d'une place fort commode, où les marchands te-
naient leurs assemblées. On y voyait les armoiries
de cette famille, composées de trois Bourses taillées
sur une pierre. Le peuple de Bruges s'étant soulevé
contre Maximilien, l'empereur son père, pour mettre cette ville à la raison, fit boucher le canal, et

dieu du paganisme qui, avec dame *Vénus*, ait survécu à la ruine de l'Olympe. Son autel est d'or, les offrandes qu'on y apporte de toutes parts sont de l'or, et ce temple se nomme, pour cette raison sans doute, *la Bourse.*

Tant que la morale si pure de notre religion eut de l'empire sur nous, et que les vertus, l'honneur et la délicatesse furent considérées comme la base de nos mœurs, le dieu des richesses vit peu fumer l'encens sur ses autels, et la cupidité fut contenue dans de justes bornes. Heureux de son sort, chacun savait s'en contenter, et l'on aurait rougi d'employer des moyens bas ou illicites pour accroître sa fortune. La pauvreté

transféra son commerce à Anvers où l'on bâtit une magnifique bourse à laquelle Jean II, duc de Brabant, accorda, en 1324, de beaux priviléges, lesquels furent ensuite confirmés par le duc Antoine, en 1409, et par Philippe II, roi d'Espagne.

Depuis lors, le nom de Bourse est celui des réunions des négocians qui, dans les villes de commerce, s'assemblent pour traiter de leurs affaires.

6

n était point une honte, quand elle n'était
pas la conséquence du déréglement ; et au
contraire, on méprisait la richesse mal
acquise.

Il existait surtout une classe dans la société, qui se serait crue déshonorée, et qui
en effet l'était, lorsqu'elle s'occupait de
spéculations : c'était la noblesse. Toute
pénétrée de ses devoirs, elle consacrait sa
vie, son temps et sa fortune à défendre son
roi et sa patrie. Rentrait-elle en ses châteaux, elle s'occupait du bonheur de ses
concitoyens, et employait ses revenus à
soulager l'indigence, à secourir l'infortune.
Simple dans ses goûts, elle savait borner
ses désirs ; et si la pauvreté l'empêchait de
briller à Paris, elle restait dans ses manoirs,
et vivait comme elle pouvait, ne mettant
un peu de luxe que dans ses armures et
dans ses équipages de guerre.

La bourgeoisie, également pure dans ses
mœurs, se contentait, comme la noblesse,
du peu qu'elle possédait. Point de luxe
chez elle, point de faste ; mais en revanche,

beaucoup de piété, de probité, de délicatesse. La noblesse estimait la bourgeoisie,
et la bourgeoisie respectait sans jalousie la
noblesse.

Le laboureur était heureux dans sa chau-
mière; les impôts qu'il payait à l'État
étaient faibles : et si, par accident, il tombait dans l'indigence, son seigneur, par devoir comme par principes, l'aidait à se re-
lever en lui abandonnant ses redevances ,
et en secourant en outre sa misère. Satisfait donc de son sort, le laboureur apprenait à sa famille à craindre Dieu, à aimer
son roi, et à respecter ses supérieurs. Il lui
apprenait encore à vivre heureuse dans sa
condition, à s'y attacher; lorsqu'il venait
à mourir, ses enfans labouraient son champ:
là se bornait toute leur ambition.

Le marchand, probe et délicat, se contentait d'un gain honnête; et lorsqu'à la
fin de sa vie, il était parvenu à se faire une
petite fortune, fruit des travaux, de l'ordre
et de l'économie, il était satisfait, et n'en-
viait pas les trésors de l'opulent spéculateur.

Le fabricant ne cherchait pas à s'enrichir en faisant de mauvaises étoffes, et en trompant les acheteurs. Il tenait plus à sa réputation d'honnête homme qu'à une richesse acquise par la fraude.

Le financier seul et l'usurier s'occupaient à faire valoir leur argent, et comme aujourd'hui, tâchaient d'en tirer le meilleur parti.

Mais maintenant, grâces aux lumières du siècle, et à la confusion des classes de la société, l'avarice et l'ambition ont frappé toutes les têtes. On veut s'élever, on veut s'enrichir à quelque prix que ce soit; et, comme chacun peut prétendre à tout, chacun veut y parvenir. Aussi, depuis cet état de choses, personne ne se trouve heureux dans sa condition. Le laboureur abandonne sa charrue, et veut se faire marchand, notaire, avoué, etc. ; le marchand veut entreprendre le négoce, le négociant veut être banquier, le banquier, fier de ses richesses, veut être noble.

« En Egypte, dit l'auteur de l'*Esprit de*

l'Histoire, (Tom. 1, pag. 79.), la loi assi-
gnait à chacun son emploi qui se perpé-
tuait de père en fils. Cette règle, constam-
ment observée, ôtait peut-être à l'Egypte
quelques grands hommes, ou, pour mieux
dire, quelques hommes supérieurs ; mais
elle lui donnait, ce qui vaut beaucoup
mieux, une continuité d'hommes utiles.
Elle prescrivait une marche uniforme à
ces esprits inquiets qui auraient troublé
l'Etat, en ne prenant que leur imagination
pour guide ; et c'est là ce qui donna à l'E-
gypte ce caractère de constance et de soli-
dité qui fit son bonheur. Ce n'est jamais
faute de talent qu'un grand Etat peut se
trouver en danger ; c'est au contraire quand
il y en a trop qui veulent sortir de leur
place. Lisez les révolutions de tous les em-
pires ; ce fut toujours l'ouvrage de quelques hommes qui voulurent monter plus
haut que leur profession. »

Mais la noblesse, que devient-elle aujourd'hui? Pauvre, ruinée, sans état,
éloignée des places et des emplois par une

foule de concurrens, elle se voit forcée de descendre du rang qu'avaient obtenu ses pères en récompense du sang versé pour l'État, et d'ouvrir à son tour le sillon abandonné par le fermier plus ambitieux et plus riche qu'elle ; ou bien, si elle ne possède plus de terres, d'occuper, pour vivre, des places subalternes et quelquefois avilissantes ; ou enfin, s'il lui reste quelque argent, débris de sa fortune, d'aller à la bourse pour le faire valoir, et de subsister de son produit.

Voilà comme, dans un Etat où rien n'honore plus, sinon l'argent, tout se dégrade et tout dégénère. Bientôt le goût de l'agiotage gagne tous les esprits, toutes les classes ; on oublie les sentimens élevés et généreux de ses pères, et, avili comme sa condition, on ne rougit bientôt plus de sa conduite. Dès lors, tout sentiment d'honneur et de délicatesse est sacrifié à l'appât des richesses. Est-on pauvre, on agiote pour s'enrichir : est-on riche, on veut devenir plus riche encore. Les fortunes s'élèvent, tombent, s'élèvent de nouveau pour retomber encore ; mais le malheur des uns fait le bonheur des autres ; on s'en console : et telle est l'immoralité de notre siècle, que non-seulement les gouvernémens autorisent l'agiotage, mais qu'ils agiotent eux-mêmes. Ainsi donc, convaincu que l'homme maintenant n'a de considération qu'autant qu'il est riche, chacun travaille à le devenir, n'importe par quels moyens : on se presse, on se pousse, on s'efforce d'entrer au temple de Plutus ; et celui qui en est rejeté maudit son existence, parce qu'il est obligé de vivre comme vivaient ses pères.

Veut-on postuler une place ? Ce n'est plus comme autrefois la plus honorable que l'on recherche, mais la plus lucrative. Cherche-t-on à se marier ? On s'inquiète peu de la naissance, des vertus, des talens d'une femme ; mais de sa fortune. Si donc elle est peu riche, fût-elle sage comme Minerve, chaste comme Diane, belle comme Vénus, et instruite comme les Muses, on ne la recherche pas, et elle court risque d'être oubliée de l'Hymen ; tandis que celle qui possède une grande fortune, même honteusement acquise, fût-elle de la plus basse extraction, et en outre laide, sotte et ignorante, est recherchée même par de grands personnages qui, comme le vulgaire, ne rougissent pas quelquefois de penser que

L'or même à la laideur donne un teint de beauté ;
Mais que tout est affreux avec la pauvreté !

LA POLITIQUE.

La politique est maintenant en France la déesse du jour. Chacun s'en occupe ; elle captive tous les esprits ; et depuis le cabinet du grave jurisconsulte et du profond diplomate jusqu'au boudoir d'une petite maîtresse, on s'occupe de la politique.

Dans le temple du goût et de l'élégance, mollement assise sur son ottomane, on est étonné de voir la jeune beauté qui y règne, interrompre une conversation parfois frivole peut-être, mais souvent vive, piquante et spirituelle, pour la remplacer par la froide politique. Aussitôt ses jolis traits prennent un air plus grave et presque soucieux ; car, il faut le dire, la politique en général est peu favorable aux grâces : et, semblable à la Pythonisse, toute pleine du dieu qui l'oppresse, elle en est comme suffoquée. Dès lors, il n'est plus question ni du bal de la veille, ni du concert du jour, ni de la pièce nouvelle du lendemain ; les intéressans riens de la mode sont également ajournés, et l'on cesse même de critiquer ses rivales. Jugez d'après cela si la mode de politiquer pourra durer encore long-temps ? La gaîté ne tarderait pas à fuir notre heureuse patrie ; et bientôt le caractère vif, aimable et galant de la nation française, n'en doutons pas, deviendrait aussi froid, aussi spéculatif et aussi composé que celui de certain peuple orgueilleux par nature, et flegmatique par tempérament.

Au sujet de la politique, je citerai quelques vers d'une satire de M. Vigée, intitu-

lée *Le Pour et le Contre*, qui seront, je
crois, du goût de tout ami de la vérité, et
amateur des beaux vers.

Tout me semble marqué du sceau de la démence ;
Si je cherche les rangs, je vois des plébéiens
Où ne devraient siéger que des patriciens.
Le nouvel enrichi se croit économiste ;
L'apprenti gazetier s'érige en publiciste ;
Nos dames, pour parler sur la loi du budjet,
Le matin, dans leur lit, en lisent le projet,
Et transforment, le soir, *au bruit confus des langues,*
Un fauteuil de salon en tribune aux harangues.
Les cafés, les comptoirs, les foyers, les bureaux,
Sont peuplés de censeurs, de juges étourneaux,
Citant, par contredit, Rome, Athènes et Sparte.
Ma fille, à quatorze ans, raisonne sur la charte ;
Et dans mon antichambre, un journal à la main,
Du monde mon jockey veut régler le destin.

LE BON TON.

APRÈS le règne de la terreur, les Français,
honteux des excès qui, dans le délire des
passions, s'étaient commis dans leur malheureuse patrie, voulurent enfin abandonner la mer orageuse des révolutions, et
aborder le rivage où ils espéraient retrou-
ver le calme et le repos. Bientôt lassés de
supporter le joug de ces fiers républicains,
de ces despotes *amis de l'égalité*, de ces *sans-
culottes régénérateurs* qui, de la nation la
plus aimable, en avaient fait un peuple
cruel et féroce, et du peuple le plus policé
du monde, un peuple sauvage et grossier,
les Français rappelèrent dans leur patrie
les arts et les sciences exilés. Les Muses

fugitives revirent leur séjour favori. L'ancienne politesse française reprit quelque ascendant; et le dur langage de nos *Brutus* modernes fut de nouveau remplacé par la douce urbanité de nos pères.

Il est vrai que notre ton n'a jamais été depuis entièrement dépouillé de l'écorce rude qu'il avait acquise à cette époque. On recherche en vain cette grâce qui distinguait nos prédécesseurs; nos manières ont toujours conservé l'empreinte de cette fatale époque. Les deux sexes, tout en se recherchant comme par le passé, semblent néanmoins peu se plaire ensemble. On craint d'être trop poli, de peur d'être taxé d'affectation; et ce ton exquis des Français d'autrefois passe chez nos Français d'aujourd'hui pour de la fadeur et de l'exagération.

Tout, dans le commerce social, a pris un air plus froid et plus sérieux. Dans un salon, les femmes restent entr'elles, et les hommes en approchent peu. Livrés entièrement à la politique ou aux spéculations

de la Bourse, nous négligeons le sexe aimable et spirituel qui sait si bien adoucir notre caractère et polir nos manières : nous
l'aimons toujours, mais nous savons moins
nous en faire aimer, parce que nous cherchons moins à lui plaire. On prétend que
les mœurs y ont gagné ; je l'ignore, mais
si nous ne sommes pas plus mauvais qu'autrefois, il est au moins certain que nous
sommes bien moins aimables.

Que l'on compare en effet un homme né
depuis la révolution à un homme *d'autrefois,* et l'on jugera facilement lequel des
deux mérite la préférence. L'égoïsme, l'in-
souciance d'être bien ou mal, le contentement de soi-même et le mépris des autres,
jusqu'à la vieillesse même, sont les défauts
qui distinguent les premiers ; le tact, les
soins délicats, les prévenances, les égards
pour le beau sexe, des manières nobles et
aisées, une conversation vive, piquante et
agréable, de l'obligeance, des attentions et
de la politesse pour tout le monde, telles
étaient les qualités obligées du second.

Comme donc ce qui constitue le *bon ton* est presque oublié de nos jours, et n'existe plus guère que chez quelques gens âgés, je crois bien faire que de transcrire ici un article sur ce sujet fait par un homme d'esprit.

« Le bon ton, dit l'auteur, est la langue du bon goût. En vain toutes les académies s'assembleraient pour en faire le dictionnaire particulier, toutes les académies ne pourraient pas plus le saisir et le fixer que les langues des oiseaux. Autant il observe les convenances, autant il se plaît à déjouer les règles. Il échappe à toute espèce d'art, et n'obéit qu'au sentiment. C'est un accord d'instinct qui s'établit tout naturellement entre le maintien, la voix, les manières, les expressions, et même l'ordre des idées, d'après le rapport de notre situation habituelle et ceux de notre situation du moment, c'est-à-dire, d'après les convenances générales de notre existence, de notre caractère, de notre âge, et les convenances particulières relatives aux personnes et aux

circonstances que l'on rencontre. Ennemi
de toute affectation , il ne prend l'accent
d'aucun état, d'aucune classe, ni d'aucun
rôle. Et comme l'eau qui, pour être bonne,
ne doit avoir aucune saveur, le *bon ton ,*
pour être pur, doit être simple, constam-
ment simple et toujours distingué ; il abandonne les locutions vulgaires et les phrases
usées, les vieux jeux de mots, les finesses
rebattues, les tournures trop communes ,
sans aborder néanmoins ces mots nou-
veaux-nés, souvent éphémères, qui, vains
d'une origine scientifique, comme d'une
fortune inespérée et tout audacieuse de
jeunesse, sont les parvenus du langage.

« Le *bon ton* est toujours à une égale dis-
tance du néologisme et des lieux communs.
Lui seul connaît bien les bornes de la gaîté,
les limites de la facilité, l'assurance convenable, la mesure des plaisanteries, l'étendue qu'on peut donner à chaque sujet, sans
s'appesantir sur aucun, et le degré d'é-
paisseur qu'exige le voile de la décence.
Lui seul ôte à la malignité son poison pour

ne lui laisser que son sel. Lui seul sait rendre la louange indirecte et sauver la fadeur à force de légèreté, tantôt par des contrastes piquans, tantôt par des contre-vérités dont la rudesse apparente fait souvent la délicatesse. Le *bon ton* apprend aussi bien à écouter qu'à parler, à satisfaire chacun par une attention obligeante, à ne pas interrompre les autres dans la crainte de perdre son idée : il apprend enfin que ce qu'il faut pour qu'on vous trouve aimable, c'est moins d'être content de vous, que d'être content de soi avec vous. Il apprend encore à ne pas parler comme un livre, et surtout comme une grammaire. Il vous défend de bien écrire en causant, et vous prescrit même dans l'occasion certaines fautes indispensables.

» Les jeunes gens se plaisent à confondre le bon air avec le *bon ton*, parce que c'est là leur partie ; mais le bon air tient trop à la plus grande ennemie du bon ton, la vanité. Celui-ci demande pourtant une certaine élégance dans les manières ; et quand le b

7

air se trouve de lui-même, tant mieux ;
mais dès qu'on le cherche, cela ne vaut
plus rien. Si le bon air tient lieu du bon ton
aux jeunes gens, le bon ton tient lieu du
bon air aux gens d'un certain âge. C'est la
différence de la figure à l'esprit. Dans la première jeunesse, la diversité des tons frappe
moins, et sans en avoir un mauvais, on ne
peut être encore assuré sur le bon. C'est
le grand usage du monde, l'habitude de
comparer tous les tons, qui, tout naturellement, finit par ramener au meilleur,
quand on est né pour le sentir.

» Un des principes du mauvais ton, c'est
l'envie de paraître autre que l'on n'est.
C'est ce qui, dans le fond, n'est qu'un faux
calcul. Un savant qui veut faire le bel esprit, est ridicule ; un bel esprit qui veut
faire le savant, l'est aussi ; un jeune
homme qui mettrait de la prétention à
la gravité, semblerait fort gauche ; et un
magistrat qui voudrait faire l'homme léger, paraîtrait peut-être plus gauche encore.

» Les succès de l'affectation ne prouvent rien en sa faveur; ils tiennent à certaines circonstances : beaucoup de qualités jointes à ce défaut, peuvent le faire passer quelquefois, et même le faire valoir; mais il sera toujours mauvais en soi.

» Non-seulement il faut mesurer son ton aux différentes convenances de son caractère, de son état, de sa position, de ses habitudes et de son âge; il faut presque un ton différent avec chaque personne, d'après la diversité de ses rapports avec elle, et ce changement doit être tout naturel. Le tact ou l'instinct qui fait prendre l'unisson de chaque société, de chaque situation, de chaque moment, peut seul indiquer le bon ton. C'est le caméléon qui doit prendre la couleur des lieux qu'il traverse et des objets qu'il approche; et ceux même qui tiennent, pour ainsi dire, le diapason de la société, doivent toujours se mettre au niveau des choses, et modifier leur ton selon les circonstances.

» Il semble que l'idée du bon ton emporte

celle d'une sorte de froideur, parce que
la dignité doit dominer dans ceux qui le
donnent, et la réserve dans ceux qui le
prennent. La gaîté va bien entre égaux, où
personne ne prend ni ne reçoit le bon ton ;
mais rien n'est si déplacé que la familiarité
avec ses supérieurs et ses inférieurs.

» Quelques personnes qui se sont fait
une existence considérable dans le monde,
peuvent se permettre des choses qui seraient trop fortes pour d'autres : c'est un
droit qu'elles ont acquis, et même trop de
réserve serait déplacé chez elles : c'est
comme les licences poétiques qu'on ne
passe qu'à des esprits tels que Milton, le
Dante, l'Arioste, etc., etc. ; car les licences
d'un écolier ne seraient (qu'on me permette
celle-ci), que des écoles. Enfin le bon
ton ne permet de risquer que quand on
peut, avec raison, se promettre de réussir.
Il prescrit de faire assez de frais, mais de
n'en pas trop faire ; et, toujours occupé
des autres, de se distinguer seulement
par l'oubli de soi-même. »

POLITESSE FRANÇAISE.

Pour désigner d'un seul mot le caractère des principales nations de l'Europe, on disait : le bon sens allemand, le flegme anglais, la gravité espagnole, la finesse italienne, et la politesse française.

Montaigne dit, au sujet de la politesse : « C'est une très-utile science que la science » de l'*entregent* ; elle est comme la grâce » et la beauté, conciliatrice des premiers » abords de la société et familiarité : et par » conséquent nous ouvre la porte à nous » instruire par les exemples d'autruy, et à » exploiter et produire, par notre exemple, » s'il y a quelque chose d'instruisant et de » communicable. »

Le lord Chesterfield écrivait à son fils, « *qu'un Français poli par l'éducation est le* » *chef-d'œuvre de l'art et de la nature.* »

Un autre auteur plein d'esprit a dit également : « La politesse ramène ceux qu'a choqués la vanité. Il n'est point d'accommodement avec l'orgueil. La politesse est un lien que la société a établi entre les hommes étrangers les uns aux autres.

» La grossièreté dans le langage et dans les manières influe plus que l'on ne croit sur celle des sentimens et des actions. On s'accoutume à penser comme on parle, et bientôt on agit comme on pense : il n'y a pas loin de l'homme grossier à l'homme cruel.

» Si la politesse est la sauve garde des relations entre les hommes, elle est de plus la garantie de la vertu des femmes. Une femme grossière dans son ton n'est plus une femme à nos yeux : elle a perdu tous ses charmes ; elle a perdu son sexe.

» Au sein de la famille, la modestie et la simplicité suffisent pour maintenir les égards qu'une femme a le droit d'exiger ;

mais au milieu du monde, il faut davantage : l'élégance de son langage, la politesse de ses manières, font partie de sa
dignité, et commandent à tout ce qui
l'entoure le respect qui lui est dû.

» Lorsqu'on songeait à confondre toutes
les idées, avant de soulever toutes les institutions, on déclamait sans cesse contre
la politesse ; on trouvait qu'elle était gê-
nante et fastidieuse ; on vantait les manières franches des Anglais ; et bientôt on vit
le frac succéder à l'habit français, et la car-
magnole remplacer le frac ; et bientôt on
vit les enfans tutoyer leurs parens, les jeunes gens se moquer des vieillards, et les
femmes insultées par les hommes : bientôt
l'audace, l'insolence et la cruauté se mon-
trèrent sous les formes les plus odieuses ;
et bientôt enfin l'on vit les temples fermés,
les prisons ouvertes et les échafauds dressés.

» Telle est et sera toujours la marche des
novateurs ; ils commencent par attaquer
les formes qui, toujours et partout, sont
les sauve gardes des institutions. »

C'est à Louis XIV que le Français doit cette politesse exquise qui se communiqua depuis dans toute l'Europe. « Jamais, dit M. de Saint-Simon, personne ne donna de meilleure grâce que ce prince, et ne sut mieux augmenter par là le prix de ses bienfaits. Jamais personne ne composa mieux ses paroles, son sourire et même ses regards. Il rendit tout précieux par le choix et la majesté, à quoi la rareté et la brièveté de ses discours ajoutaient beaucoup. Jamais homme ne fut si naturellement poli, et d'une politesse si mesurée, et ne distingua mieux l'âge, le mérite et le rang de ceux qui s'adressaient à lui. Pour les femmes, sa politesse était toujours pleine de galanterie. Jamais il n'a passé devant aucune femme sans lui ôter son chapeau. Ses révérences plus ou moins marquées, mais toujours légères, avaient une grâce et une majesté incomparables. »

« La politesse, dit Madame de Genlis, consiste à savoir s'oublier soi-même, à s'occuper des autres, à saisir les occasions de

les faire valoir, à leur témoigner le désir
de les obliger, de leur plaire, à leur montrer de la douceur, de la complaisance, des
égards ; à persuader surtout qu'on se
compte pour rien, puisqu'il faut paraître
surpris et reconnaissant des attentions les
plus simples, et des complimens les plus
communs. »

POLITESSE DES CHINOIS.

Il n'y a pas de nation plus polie que la
nation chinoise, ni qui soit plus exacte à
observer les devoirs de la vie civile; toutes
ces politesses sont portées à un tel point
qu'elles deviennent fatigantes.

On compte à la Chine plus de trois mille
règles différentes de politesse et de civilité.

Les artisans, les gens de la campagne,
même les gens du plus bas étage, n'en
sont pas plus exempts que les grands
seigneurs.

Le tribunal des rits de Pékin est si ri-
goureux qu'il ne souffre même pas que

les étrangers manquent aux usages anciens, et les ambassadeurs mêmes y sont exercés pendant quarante jours.

Les Chinois croient avec raison que la grande attention à remplir tous les devoirs de la vie civile, ôte au caractère une certaine rudesse naturelle à l'homme, donne beaucoup de goût pour la paix, et inspire l'esprit de subordination. C'est, disent-ils, par l'honnêteté et la politesse que les hommes se distinguent des bêtes féroces.

On raconte que le czar Pierre, qui avait prié l'empereur de la Chine d'excuser son ambassadeur si l'ignorance des cérémonies de son empire lui faisait commettre quelque faute à cet égard, reçut cette réponse laconique : *Ton ambassadeur a montré beaucoup de grossièreté.*

Leur politesse extérieure, dit lord Macartheney, consiste en divers mouvemens du corps, en inclinations de tête, dans la manière de plier les genoux, de tendre la jambe, de joindre et d'écarter les mains :

toutes ces choses sont considérées en Chine comme la preuve d'une bonne éducation, et les peuples qui les ignorent n'y sont guère plus estimés que des barbares.

Cependant après leurs premières civilités, les Chinois deviennent aisés et familiers ; ils parlent aux étrangers sans timidité et sans contrainte ; ils se présentent même avec un air de confiance et comme des hommes supérieurs qui croient que leurs mœurs et leurs manières sont exemptes de défauts.

CARACTÈRES.

LA MÉDISANCE.

Je ne sais comment sans cesse on peut s'occuper à médire de son prochain, s'écriait un jour une dame? Pour moi, je hais cette triste occupation qui ne provient jamais que de désœuvrement, de manque d'esprit ou d'instruction. Je ne suis pas comme Mélise qui n'a de plaisir qu'à dire du mal de tout le monde, quoique, plus que tout autre, elle devrait être circonspecte; car enfin, qui, plus qu'elle, est pleine de ridicules? qui est plus minaudière, plus capricieuse, plus quinteuse, plus querelleuse, plus tracassière, plus avare et moins spirituelle? Toujours quelqu'un est en butte à sa mauvaise humeur : son mari, ses enfans, ses domestiques, sont tour-à-tour les objets qui échauffent sa bile, lorsqu'elle ne peut la répandre sur d'autres.

Dorinde est d'une coquetterie achevée, et elle s'avise d'en accuser les autres. Jusqu'à la prude Araminte qui contrôle et noircit les actions les plus innocentes, elle dont, Dieu merci, on connaît la conduite, malgré le soin qu'elle met à la cacher ! Pour Cidalie, pleine de son faible mérite, elle dédaigne tout le monde, et se croit la perle des sociétés. Et vous ririez bien si vous voyiez Célimène, cette nouvelle enrichie, toute fière de sa fortune, et qui se ruine pour voir la bonne compagnie, croyant y donner le ton, et s'imaginant qu'on va chez elle pour ses beaux yeux et par déférence, tandis que ce n'est que pour ses bons repas et ses fêtes brillantes. Elle mériterait bien qu'on lui rappelât ce qu'était son père avant qu'il eût fait fortune : j'ai été dix fois prête à le lui faire sentir, mais, par un excès de bonté, qui est mon défaut, je me suis retenue jusqu'à ce jour ; mais elle ne perdra rien à attendre. Eurimenthe est horriblement fausse; elle vous flatte en votre présence, et se moque de vous en arrière. Pour Cloé, sans cesse elle médit de tout le monde ; et comme elle parle toujours, on ne peut lui répondre. Que dites-vous d'Elise, cette joueuse éternelle, qui s'est ruinée au jeu, et qui m'accusait l'autre jour de l'aimer plus qu'elle? moi qui ne joue jamais qu'une fois par jour, le soir, et encore, à des jeux de société, au crepse ou à l'écarté! Et de l'élégante Euriphile, qui s'est brouillée avec moi, prétendant que je suis sa rivale? Et d'Iphise, qui se croit plus jolie que la charmante Isaure contre laquelle elle déclama hier pendant une heure, la déchirant à belles dents, critiquant ses traits, ses manières et sa mise? Et de Cloris, qui blâme à tout propos la lecture des romans,

et qui passe sa vie à en lire? Enfin je ne
finirais pas, si je voulais citer les femmes
qui contrôlent sans pitié la conduite des
autres. Quant à moi, grâce au Ciel, je hais
la médisance, et j'ai toujours su contenir
ma langue.

L'ÉGOISME.

Un des traits les plus caractéristiques
de notre siècle est sans contredit l'égoïsme;
et ce vice est le résultat de notre révolution. A cette époque funeste, n'étant pas
sûr du lendemain, on vivait au jour le
jour. Tout aux soins de son existence, et
cherchant à sauver les débris de sa fortune,
on n'avait ni le temps, ni le pouvoir de
s'occuper des autres; on vivait d'ailleurs
dans la solitude; on craignait de se réunir,
de se connaître même, pour ne pas devenir suspect. De là vint l'habitude de res-

ter beaucoup avec soi-même, de ne penser qu'à soi, de n'agir que pour soi.

Lorsque le despotisme succéda à l'a-narchie, une cause contraire soutint et accrut encore l'égoïsme, on devint ambi-tieux. On oublia bientôt les malheurs qui précédèrent l'usurpation; on brigua les honneurs, les charges et les dignités; et malgré l'ancien amour français pour ses rois légitimes, on adora le soleil levant. La corruption vint à son comble; on s'ar-racha les places et les emplois. L'armée à son tour, ivre de combats, calculait son avancement sur la mort des combattans, et si l'on regrettait d'abord ses com-pagnons d'armes, bientôt on se consolait de leur perte en occupant leur poste.

C'est ainsi que l'on oublia tout devoir de société, et que l'on étouffa jusqu'à la sensibilité. On ne sut plus ce que c'était que de sacrifier aux autres ses goûts, ses plaisirs et ses avantages, on ne faisait que ce qui pouvait rapporter plaisir ou profit.

Ce défaut a succédé immédiatement à la cause qui l'a produit; la révolution a laissé parmi nous des traces de son règne, et la génération présente, héritière de la génération de cette époque, n'en ressent que trop la fâcheuse influence. La vieillesse n'attire plus notre respect, le beau sexe nos hommages, l'homme de mérite nos égards. On ne sait plus même ce que l'on doit à ses parens ni à ses supérieurs; et la jeunesse hautaine autant qu'inconsidérée, se croit en droit de faire la loi au lieu de la recevoir. Si autrefois elle était légère et présomptueuse comme aujourd'hui, au moins on la voyait respectueuse, aimable, galante et polie; maintenant elle n'a aucune de ces qualités. Loin de chercher à plaire, elle croit que l'on doit tout faire pour elle. A peine les jeunes gens saluent-ils les femmes : ils leur parlent encore moins; et l'on ignore si c'est par impertinence, embarras ou incapacité. Bras dessus bras dessous, dans les promenades publiques, on voit les jeunes hommes sui-

vre les femmes, rire entre eux, et parler
d'elles assez haut pour les embarrasser par
leurs éloges ou par leurs mauvaises plaisanteries. Dans un cercle, on les voit parfois s'étendre dans un fauteuil ou sur un
canapé, sans paraître s'apercevoir que les
femmes sont obligées de se contenter des
chaises qui ne leur étaient pas destinées. Ils
ne cèdent pas même leur place aux vieillards, obligés alors de rester debout, faute
de trouver un siége. Ils ne fréquentent que
les maisons qui leur offrent des plaisirs,
et négligent leurs autres connaissances
et même leurs parens, comme gens ennuyeux et dont ils ne peuvent tirer aucun
agrément. Du reste, ils ne font de frais
pour personne, pas même pour celles qui
les amusent, et dont ils s'éloignent dès
qu'ils n'ont plus rien à en espérer (1).

(1) On doit croire que dans le tableau que je fais ici,
il se trouve des exceptions : certes il serait malheureux que tous les jeunes gens ressemblassent à
cette esquisse ; grâces à Dieu, il n'en est pas ainsi ;
je me plais au contraire à rendre justice à tous

Enfin chacun n'agit maintenant que par intérêt et par calcul ; et si parfois on rend quelque service, c'est rarement sans un espoir secret d'y trouver son avantage.

L'honneur, les sentimens nobles et généreux ainsi que la délicatesse, si estimés de nos pères, ne sont plus que des préjugés : on ne connaît que les richesses, et l'on veut à tout prix les acquérir.

Mais quel emploi fait-on aujourd'hui de cette fortune dont on est tant avide ? Autrefois l'homme opulent était grand et magnifique dans ses dépenses : il avait de vastes palais, un nombreux domestique, de brillans équipages, de riches livrées, une table somptueuse ; le bon goût présidait à ses fêtes : il avait des galeries de tableaux, de superbes bibliothèques, des

ceux qui ont trouvé dans leurs familles de bons exemples, qui ont reçu de bons conseils et de bons principes, et dont le cœur et l'esprit les ont préservés de ce vice, presque toujours le résultat d'une mauvaise éducation.

statues, des cabinets d'histoire naturelle ; enfin tout attestait son amour pour les beaux-arts et les lettres ; et il encourageait par là, et faisait vivre les savans, les artistes et les littérateurs. Aujourd'hui l'on préfère entasser trésor sur trésor, ou si l'on dépense sa fortune, ce n'est que pour soi, et sans savoir s'en faire honneur. Se ruine-t-on : ce n'est plus pour avoir été trop généreux, trop bienfaisant ou trop honorable ; mais par suite de mauvaises spéculations, par le jeu, et par des dépenses secrètes et honteuses, sans que personne ait profité de cette opulence ni de ces richesses.

Les mœurs sont-elles meilleures qu'autrefois? Tout ce que je vois, c'est qu'on a le funeste talent de mieux cacher les apparences, et d'être plus hypocrite. Les sexes ont l'air de se rechercher moins par sentiment que par besoin ; les goûts satisfaits, on s'éloigne, on s'oublie, on semble même ne s'être jamais connu. Il se peut qu'autrefois on ait exagéré le sentiment ; mais

aujourd'hui l'on affecte l'indifférence : cela
vaut-il mieux ? Au moins alors on ne rougissait pas d'avoir une âme sensible, tandis
que maintenant, semblable à la brute , on
n'aime que par tempérament. On fuit l'a-
mour délicat comme fade, languissant, ennuyeux ; on le veut prompt et entreprenant, et on veut prendre un cœur comme
un soldat prend une place, c'est-à-dire ,
d'assaut. S'en est-on rendu maître ? on
court à d'autres conquêtes ; en est-on re-
poussé ? l'amour-propre plus que le cœur
se sent blessé, et l'on se console bientôt en
volant à de nouvelles entreprises.

L'ambition : jamais elle n'a été plus ardente ; jamais elle n'a employé tant de
moyens avilissans pour se satisfaire : elle
sacrifie estime, opinion , réputation, honneur, amitié, bienfaits , liens du sang,
tout enfin, et il lui suffit de parvenir au
but où l'orgueil l'entraîne ; alors elle s'inquiète peu du mépris, de l'indignation et
de la haine qu'elle s'est attirée.

L'intérêt personnel se glisse partout ;

les chambres délibératives n'en sont pas même exemptes; et dans tous les corps, comme dans chaque condition, on se ressent des effets de ce vice, de ce funeste égoïsme qui ternit notre siècle en corrompant tout ce que nos mœurs ont de pur, tout ce que nos institutions ont de sacré.

« L'égoïsme, dit un auteur moderne, est souvent la suite de l'extrême accroissement des richesses. Ainsi plus elles augmentent, plus le législateur doit chercher à les contredire. Si l'amour des richesses est devenu la première passion naturelle; elle sera celle des gouvernans comme des gouvernés; les uns et les autres tendront à l'envi à améliorer leur fortune, et cette rivalité funeste sera entre eux le seul et le véritable rapport. »

L'HOMME DE ROBE.

GRAVE, sérieux, froid et mesuré, tel fut toujours le maintien de l'homme de robe. Il semble que les ris aient peur de sa longue robe noire, de son bonnet doctoral et de sa figure sévère; et cela ne me surprendrait pas; car Thémis n'est pas très-gaie de son naturel; ses fonctions sont si imposantes, ses arrêts si terribles! il n'y va rien moins que d'ôter la vie au coupable, et cette pensée, moins encore que la crainte de frapper l'innocence à la place du crime, est bien faite pour rembrunir sa physionomie, et la rendre peu gracieuse: aussi le magistrat, pénétré de ses devoirs, recherche peu le monde et ses plaisirs. Frondeur autrefois du luxe et de la cour, il affectait une grande austérité, et sous Louis XIV, une mule était sa monture, sa table était frugale, et son domestique peu nombreux.

Que j'aime à voir dans un juge cette simplicité de mœurs, cette modestie, et cette rigidité de conduite. En effet celui qui condamne le vice, pourrait-il se montrer vicieux lui-même? Celui qui juge les conséquences du luxe, pourrait-il, sans être répréhensible, afficher un luxe ruineux? Et celui qui prononce un arrêt de mort, pourrait-il, en descendant de son tribunal, se montrer, sans scandale, gai, vif et sémillant?

Voilà quelle fut toujours sans doute la cause de la gravité des hommes de robe; gravité louable, puisqu'elle est la conséquence de ses fonctions importantes, et de sa sensibilité. Elle ne deviendrait ridicule que dans le cas où l'orgueil ou bien la sottise la ferait naître, parce qu'elle serait fausse, exagérée, et n'aurait plus dès-lors rien d'estimable.

Si donc la gravité de l'homme de robe
fait fuir la gaîté, elle appelle en retour
l'estime qui la dédommage amplement.
D'ailleurs y aurait-il rien de plus indécent,
de plus révoltant même, que de voir des
magistrats déposer le glaive terrible de la
justice, pour venir dans un salon faire
les *Céladons*, conter des douceurs aux
dames, prendre avec elles le ton de pe-
tits-maîtres, s'admirer dans la glace,
danser, walser, folâtrer, jouer gros jeu,
aller de spectacle en spectacle, entretenir
des maîtresses, galopper au bois de Boulogne, rouler dans des chars élégans, donner
des fêtes brillantes, et accablés de dettes,
paraître à leur tour sur le banc du vice et
du déshonneur, au pied même de leur
propre tribunal ?

Non, cela n'arrivera pas, je l'espère : la
magistrature saura toujours conserver ce
noble caractère qui la distingue; et dès
qu'il n'en sera plus ainsi, la corruption des
mœurs sera telle, que la justice comme
l'État seront anéantis.

L'AVOCAT.

QUELLES belles fonctions que celles de l'avocat, puisqu'elles ont été établies pour défendre l'innocence ! Et quel plus noble emploi peut-on faire de l'éloquence, que celui d'attaquer et de terrasser le vice, de démasquer la fourberie, de défendre l'opprimé contre l'oppresseur, et de faire triompher la justice ? Telle fut l'origine du barreau, institution si belle, profession si honorable autrefois, que le gentilhomme ne dérogeait pas en l'embrassant (1).

(1) On avait même créé du temps, je crois, de Philippe-le-Bel, en l'honneur des avocats, une chevalerie ès-lois; et s'il faut en croire Barthol, un docteur en droit devenait, *ipso facto*, chevalier après dix ans d'exercice.

Malheureusement le temps vieillit tout ; on oublie le but des institutions, et à mesure que les peuples se civilisent, leurs mœurs se corrompent, et les fonctions les plus respectables ne sont pas toujours à l'abri de cette fâcheuse influence. Il arrive donc souvent de nos jours, que l'avocat cherche moins à défendre la cause la plus juste, que celle qui fera le plus briller ses talens. De là résulte que cette éloquence qui ne devrait jamais servir qu'à défendre le bon droit, l'attaque au contraire ; et par des argumens captieux, par la force des mots, par la grâce du langage, par le faux air de la conviction et de la sensibilité, elle couvre le crime d'un voile si épais et si éblouissant qu'elle le fait échapper aux justes châtimens qui lui étaient réservés, et parfois le fait triompher aux dépens même de l'innocence.

La vanité de l'avocat peut être satisfaite, il est vrai ; mais s'il ose consulter sa conscience, que doit-elle lui répondre?.... Malheureux ! est-ce ta gloire que tu avais à

défendre, ou la justice? Contemple ton
ouvrage, examine ta conduite, vois-en les
résultats !... Observe de sang-froid, si tu
le peux, les pleurs que tu fais répandre à
l'innocence condamnée ! Tu aurais dû la
défendre, et tu la combats; que dis-je? tu
l'accables et tu l'opprimes ! Aussi ce beau
talent que le ciel t'avait accordé pour un
tout autre emploi, va servir à te rendre
odieux à toute âme sensible et loyale; tu
vas briller peut-être un instant; mais,
semblable à ces feux trompeurs et malfai-
sans qu'exhalent les tombeaux, on va te
redouter et te fuir; et au lieu de l'estime,
seul bien réel, il ne te reviendra que le
faux éclat du talent et de la renommée.

Assurément l'avocat doit prendre avec
chaleur les intérêts de son client. Mais
quelle nécessité y a-t-il de défendre une
mauvaise cause? il y a plus que de l'im-
pudeur à l'entreprendre, il y a de l'immoralité; et il faut avoir le cœur insensible et
l'âme dépravée pour embrasser volontai-
rement la cause de l'injustice, et la défen-

dre avec assez de chaleur pour la faire triompher (1).

Avocats, rappelez-vous l'origine de votre institution, pénétrez-vous de la noblesse de vos fonctions, consultez vos devoirs, jetez un regard vers les cieux, et vous saurez bientôt si l'éloquence vous a été accordée pour défendre ou pour faire condamner l'innocence.

A Ces observations suggérées par la force de la vérité, je vais, pour les appuyer, rapporter un passage du discours que l'a-

(1) « Lors de l'institution des avocats, au treizième siècle, on leur faisait jurer par les saints Evangiles de ne se charger que de causes justes, et de les abandonner dès qu'ils s'apercevraient du contraire. J'ignore si cet usage existe encore; mais je serais tenté d'en douter en voyant les plus mauvaises causes défendues avec chaleur par les meilleurs avocats. » (M. Marchangy. — *Tristan.*)

A cette époque également, les avocats ne pouvaient faire aucun traité avec leurs clients dans le cours du procès; et ils devaient parler avec décence et modération; c'est ce qui de notre temps ne se fait pas toujours.

vocat-général Jaubert prononça le 3 no-
vembre 1825, au Palais, lors de la rentrée
de toutes les chambres de la Cour royale,
en présence du premier président Séguier.

Ce discours avait pour sujet l'*Amour
de la justice*. M. l'avocat-général y recom-
mande aux avocats de prendre la justice
pour règle dans leurs rapports avec leurs
clients ; de ne jamais se charger que de
causes qu'ils croient justes en leur âme et
conscience.

« Dans ce temps, dit-il, où les richesses, résultat peu consolant d'une civilisation avancée, qui a
ses avantages, mais aussi ses inconvéniens ; dans ce
temps où les richesses sont l'objet de la convoitise
des classes autrefois les plus désintéressées, s'il était
des avocats qui, cédant à l'entraînement général
et séduits par l'appât du gain, vinssent, de dessein
prémédité, soutenir des causes qu'eux-mêmes, au
fond de leur cœur, reconnaîtraient injustes, quel
pourrait être le succès de leurs efforts? On peut le
prédire, sans crainte d'être démenti par l'événement, car la magistrature française, héritière par
substitution du dépôt d'honneur qui lui fut transmis
d'âge en âge, a toujours horreur de la partialité. . .

. . . .

» Pourquoi certains orateurs sont-ils écoutés par vous avec un intérêt particulier, sont-ils soutenus par vos regards, encouragés par votre bienveillant sourire, et accueillis avec une sorte d'inclination ? Faut-il le demander? C'est que vous voyez en eux les gardiens incorruptibles du sanctuaire où est adorée la vérité; que passionnés pour elle, l'amour qu'elle leur inspire est comme un sentiment religieux qui remplit leur âme, et que, joignant les vertus aux lumières, et le talent à la bonne foi, ils sont hommes probes, autant qu'orateurs diserts.

» Combien doit se trouver heureux l'avocat qui, par la sagesse de ses avis, autant que par l'ascendant que lui donne son esprit de justice, est parvenu à fixer dans un traité clair et précis les conditions d'un arrangement amiable ! Le feu des divisions s'allumait pour dévorer le patrimoine commun d'une nombreuse famille ; *Mais les pensées de l'homme juste* (comme dit l'Ecriture), *sont des jugemens.* Par ses soins, le fruit des travaux d'un père économe est partagé sans débats entre des parens et des frères : étouffant leurs ressentimens, ils se prennent par la main, ils s'embrassent, ils se promettent une amitié éternelle. C'est alors que, satisfait du succès de ses efforts, et se réjouissant en son cœur, il voit de ses propres yeux ce spectacle touchant que le Psalmiste découvrait dans l'avenir, *La misé-*

*ricorde et la vérité qui se rencontrent, la justice et la
paix qui se donnent le baiser.*

» Il est d'autres luttes qui réveillent et attirent une
grande affluence. . . . .

» Dans ces occasions solennelles, l'avocat, pénétré de ses devoirs, ne tentera pas de vous séduire
par des sophismes spécieux, ni de vous éblouir par
ces déclamations brillantes, si faciles en pareilles
matières. Il se gardera de professer en public des
doctrines fausses, dangereuses, subversives du bon
ordre, et que condamnera tout homme sensé; il ne
cherchera pas à rallumer le feu des passions que le
temps et la raison ont amorti ; il ne plaidera pas enfin pour le public qui n'est pas le juge, mais seulement le témoin de nos graves débats..... »

LE BANQUIER.

Boileau a dit :

Quiconque est riche est tout, sans sagesse il est sage.

De notre temps il eût dit : *Sans pouvoir il gouverne.* Car jamais la soif de l'or n'a été si ardente, et jamais la fortune n'a eu tant d'influence qu'en ce siècle que l'on pourrait justement appeler le *siècle de l'or.*

Aussi les banquiers sont aujourd'hui une puissance, et les souverains s'abaissent jusqu'à traiter avec elle, et presque à lui envoyer des ambassadeurs. On voit à Paris, à Londres, à Vienne, et ailleurs, certains banquiers jouir de la plus haute

9

distinction. Ils donnent des repas aux ambassadeurs ainsi qu'aux ministres; ils possèdent des titres, des honneurs, des décorations, et dictent même leurs traités avec les rois.

Troupe de cosmopolites, ils sont partout où l'intérêt les appelle. Aussi c'est en vain qu'on voudrait les retenir; leur or est semblable à un fleuve qui s'accroît dans sa course, et ne rend jamais les eaux qu'il a reçues.

« Tantôt lent, il serpente entre les prés fleuris,
       Les embellit et les féconde;
Tantôt rapide, il s'enfle, il se courrouce, il gronde;
Roulant, précipitant au milieu des débris
       Son eau turbulente et profonde.
A travers les cités, les guérêts, les déserts,
Il va, distribuant à mesure inégale,
Aux avides humains dont ses bords sont couverts,
Les trésors de son urne avare et libérale. »

                                        ARNAULT.

Après de pénibles réflexions sur l'influence que les banquiers obtiennent dans ce siècle, je me demande quel bien un Etat en peut retirer, et je découvre que c'est celui qu'un jeune homme de famille dérangé retire du juif qui, profitant de sa triste situation, lui fournit de l'argent à usure, ce qui le rend plus misérable encore. En effet, l'Etat qui emprunte aux banquiers, ne peut le faire qu'en consentant à de gros sacrifices. Il s'appauvrit donc encore, et les banquiers seuls s'enrichissent de ses pertes.

Mais, me dira-t-on peut-être, lorsqu'un gouvernement obéré a besoin de capitaux, il faut bien avoir recours à ceux qui peuvent lui en fournir. — Bon précepte ! C'est-à-dire que, lorsqu'on a fait des dettes, il faut en contracter de nouvelles et de plus considérables, pour suivre le même train de vie. — Eh bien, monsieur le frondeur, vous qui faites l'entendu, que feriez-vous en pareil cas ? — Je diminuerais les dépenses, j'administrerais avec plus d'économie, je ferais d'utiles réformes, et je saurais enfin me passer des usuriers et des banquiers qui alors ne pouvant plus vivre aux dépens de l'Etat, emploieraient leur for-

tune de manière à le faire prospérer, soit
par le commerce, soit en achetant des
biens-fonds, seule richesse véritable d'un
empire ; alors, comme le reste des sujets,
ils paieraient des impôts au lieu de recevoir des intérêts.

L'HOMME DE COUR.

APPELÉ par sa naissance aux dignités,
l'homme de cour, élevé selon son rang, est
ordinairement doux, modeste, affable, et
d'une extrême politesse. Rien en lui n'est
affecté ; il sait louer sans flatterie, et blâmer sans aigreur. Son maintien est noble,
aisé, décent : à l'égard de ses supérieurs,
il est respectueux, mais sans être bas ;
avec ses égaux, il est aimable, affectueux ;
et il est gracieux avec ses inférieurs. Il sait
réprimer son orgueil, étouffer la plainte
lors d'une disgrâce ; il évite l'arrogance
lorsqu'il est en faveur. S'il ne paraît pas
toujours être franc, parce qu'il doit être

discret, au moins il possède cette grâce qui consiste à dire des vérités aimables, et à garder pour soi tout ce qui pourrait offenser l'amour-propre, ou blesser la délicatesse.

Si l'on réclame sa protection ou ses faveurs, il ne peut pas toujours les accorder, mais il laisse l'espérance, et témoigne le désir d'obliger : c'est ce qu'on appelle donner de *l'eau bénite de cour ;* au moins il cherche par cette conduite à ne désobliger personne : on le quitte souvent affligé de n'avoir pu rien obtenir ; mais jamais offensé par des refus insultans.

LE COURTISAN.

Il n'en est point ainsi du courtisan qui, d'une naissance moins élevée, et quelquefois même de la plus basse extraction, n'est parvenu que par l'intrigue, et non par son mérite. Fier de sa nouvelle position, mais en même temps embarrassé de sa contenance à ce haut degré d'élévation, il ne sait quel doit être son maintien, ni quelle conduite il doit suivre. Dans l'espoir de se bien faire accueillir du monarque et de ceux qui l'entourent, on le voit souple, flatteur, rampant : comme Protée, il prend toutes les formes, et il change de couleur comme le caméléon.

Ses louanges sont fades, ridicules, exagérées,

« Et la vérité brille en toutes ses bassesses. »

On le devine, on le méprise ; il s'en aperçoit, il dissimule ; mais la rage et le dépit dans le sein, il attend patiemment
l'occasion de se venger : bientôt elle arrive ; il la saisit, et sacrifie soudain sa
victime.

Telle est sa conduite avec les grands.
Quant à ceux autrefois ses égaux, il semble
ne les plus connaître : la fortune l'a changé.
Il prend avec eux le ton et les manières
d'un grand seigneur ; l'impertinence chez
lui remplace la dignité, et il croit que la
fatuité est de l'aisance. Autant il est rampant avec ses supérieurs, autant il se re-
dresse avec ses inférieurs. Il est ingrat,
perfide, égoïste ; son faste est insultant, et
il se ruine pour briller. A l'entendre, il est
au mieux avec les ministres, avec le roi
même ; il est sans cesse consulté dans les
affaires importantes, et rien ne se fait que

par ses conseils. Cependant a-t-on recours à son crédit : voulant alors cacher son impuissance, il prétexte mille raisons pour ne pas vous servir ; il objecte votre position, votre état, le peu de droit que vous avez d'aspirer à la faveur que vous demandez, ou bien il vous représente la foule de postulans qui l'obsèdent, et ne met aucun ménagement dans ses refus. Il oublie bientôt et parens et amis, et ne cherche à s'entourer que des nouvelles connaissances qu'il a faites depuis son élévation, et dont il espère obtenir quelque faveur. Du reste, il est avantageux : l'ambition et l'intrigue furent les causes de son élévation, l'impudence et l'orgueil en sont les conséquences. Insensible au malheur et sourd à la pitié, il n'aime que lui et ne s'occupe que de lui; et pour se dédommager des humiliations qu'il a éprouvées et des courbettes qu'il a faites, il est à son tour fier, hautain, méprisant, et exige de ses subordonnés la même soumission qu'on exigea de lui.

LE GUERRIER.

LE guerrier est franc, loyal, généreux et désintéressé : il combat moins pour obtenir de l'avancement, que pour acquérir de l'honneur et de la gloire. Il méprise l'intrigue, déteste la bassesse, méconnaît la flatterie, et ignore la fausseté. Il ne promet que ce qu'il peut accorder, et accorde tout ce qu'il promet. Quant à lui, il attend sa récompense de son mérite, et non de la faveur.

A ces qualités, le guerrier joignait autrefois une excessive politesse et beaucoup de galanterie. Brave au champ d'honneur, il déposait ses armes et ses lauriers, ainsi que sa fierté, aux pieds de la beauté ; et

l'éloge, sorti d'une jolie bouche, était sa
plus douce récompense. On sait combien,
au temps de la chevalerie, les femmes
avaient d'influence sur la bravoure. Un
reproche, un sourire, un regard, un sou-
pir, une écharpe, suffisaient pour enflammer le guerrier, et pour le rendre capable
des plus hauts faits d'armes. Cette aimable
influence d'un sexe sensible et tendre sut
adoucir notre caractère et polir nos
mœurs; et c'est aux femmes que le Français doit la réputation qu'il avait jadis d'ê-
tre le peuple le plus poli du monde.

« Qu'ils étaient beaux ces jours de gloire et de bonheur ,
Où les preux s'enflammaient à la voix de l'honneur,
Et recevaient des mains de la beauté sensible
L'écharpe favorite et la lance invincible!
Les rênes d'or flottaient sur les blancs destriers,
La lice des tournois s'ouvrait à nos guerriers.
O ! qu'on aimait à voir ces fils de la patrie
Suspendre la bannière aux palmiers de Syrie ;
Des arts, dans l'Orient, conquérir le flambeau,
Et défenseurs du Christ, lui rendre son tombeau !
Qu'on aimait à les voir, bienfaiteurs de la terre,
Au frein de la clémence accoutumer la guerre !
Le faible, l'opprimé leur confiait ses droits,
Au serment d'être juste ils admettaient les rois.

Leurs vœux mystérieux, leurs amitiés constantes,
Les hymnes de Roland répétés sous leurs tentes,
Leurs défis proclamés aux sons bruyans du cor,
A leur vieux souvenir m'intéressent encor :
J'interroge leur cendre ; et la Chevalerie,
Avec ses paladins, ses couleurs, sa féerie,
Ses légers palefrois, ses ménestrels joyeux,
Merveilleuse et brillante apparaît à mes yeux.
Le casque orne son front, sa main porte une lance ;
Aux rives du Tésin sur ses pas je m'élance :
La Déité s'arrête, et fléchit les genoux.
Quel spectacle imposant s'est montré devant nous !
Quel enfant des combats et de la Renommée
Suspend autour de lui la course d'une armée,
Et voit de fiers soldats couvrir de leurs drapeaux
Le chêne protecteur de son noble repos !
Est-ce un roi couronné des mains de la Victoire ?
Est-ce un triomphateur, qui, fatigué de gloire,
S'assied quelques instans près de son bouclier ?
Non ; c'est Bayard mourant, c'est Bayard prisonnier.....
A rejoindre Nemours déjà son âme aspire ;
Il meurt..... Le nom du Christ sur ses lèvres expire.
A la Patrie en pleurs les Français abattus
Vont raconter sa mort, digne de ses vertus ;
Et la Chevalerie, inclinant sa bannière,
Pose sur le cercueil sa couronne dernière. »

Vers de M. Alex. Soumet. Les derniers momens de Bayard.
Poëme couronné le 5 avril 1815.

QU'EST-CE QUE LA BEAUTÉ?

TELLE est la question que je hasardai de faire à deux jolies femmes. Piquées, offensées même de cette question, elles me répondirent : Il est étonnant, Monsieur, que ce soit à nous que vous vous adressiez pour le savoir ; mais, puisque vos yeux ne vous suffisent pas pour vous expliquer ce que c'est que la beauté, nous espérons être plus heureuses en nous adressant à votre intelligence.

La beauté, Monsieur, puisque vous semblez jusqu'à ce jour ne l'avoir pas connue, consiste, chez la femme, à avoir la taille bien proportionnée, le pied petit, la jambe fine, la peau blanche, le cou rond, ni trop long, ni trop court, et bien placé sur les épaules. Le bras doit être également rond, la main petite et potelée, les doigts effilés, la tête ovale, le menton court, la bouche petite, mais de manière pourtant à ce qu'elle puisse sourire agréablement et montrer deux rangs de perles bien rangées, et des lèvres du plus beau corail. Le nez doit être moyen, les yeux grands, bien ouverts, et presque à fleur de tête; les sourcils bien arqués, le front médiocrement grand et surmonté de longs cheveux que le Goût a su natter, et que la Nature a bouclés avec tant de légèreté, que Zéphyre peut s'y jouer à son aise.

Là s'arrêta la description de la beauté. Je voulus alors hasarder une nouvelle question, et je ne m'aperçus de ma nouvelle indiscrétion que lorsqu'il n'en était plus temps.

Mesdames, leur demandai-je, dites-moi, je vous prie, quelle doit être la couleur des yeux et des cheveux? Les yeux bleus et les cheveux noirs, dit l'une d'elles, qui les avait ainsi : les cheveux blonds et les yeux noirs, répliqua l'autre qui était blonde. Alors il s'éleva entre elles une assez vive contestation que je m'empressai de terminer en leur disant : Mesdames, cette beauté que vous venez de décrire, je le vois, est entièrement votre image. Je vous trouvais charmantes, sans chercher à vous détailler ; je vous trouve maintenant parfaites depuis la connaissance que je viens d'acquérir de la beauté. Cependant, faut-il vous l'avouer? au sein même de mon admiration, il m'est survenu une pensée bien triste que je vais vous soumettre. Faut-il, me suis-je dit, que deux personnes telles que vous ne puissent pas être admirées du monde entier, et que celles qui, selon moi, mériteraient, comme à Paris, un culte à Gnide et à Paphos, soient presque une imperfection, et peut-être même un objet de dérision sur d'autres points de notre globe !.... Comment, s'écrièrent-elles ensemble? Hélas ! ce n'est que trop vrai, leur dis-je : la

beauté, Mesdames, telle que vous venez de
la définir, n'est pas la beauté de tous les
peuples ; chaque contrée a la sienne. En
Chine, par exemple, la beauté consiste en
de petits yeux, de grandes oreilles, un nez
écrasé, des dents noires, saillantes à la
mâchoire supérieure, et rentrantes à la mâchoire inférieure ; une face plate et ronde,
une taille assez replète, un pied court et
dont les orteils sont repliés en dessous, ce
qui empêche ces *beautés*, non-seulement
de déployer leurs grâces en dansant, d'ef-
fleurer le parquet en valsant, mais encore
de se faire admirer en public, faute de
pouvoir marcher ; et cela, parce que des
maris, beaucoup plus jaloux et moins com-
plaisans que ceux de Paris, ont eu la
cruauté d'établir cet usage pour s'assurer,
dit-on, de la fidélité de leurs femmes. Ah !
s'écrièrent-elles, que nous plaignons les
femmes chinoises ! — Chut ! Mesdames,
modérez votre exclamation, de crainte qu'en
vous écoutant, les maris français ne viennent
à regretter de n'être pas des maris chinois.

Dans le reste de l'Asie, les femmes n'ont de beauté qu'autant qu'un énorme embonpoint leur a fait perdre cette taille svelte et élégante qui fait admirer nos Françaises.

Si vous alliez en Amérique, Mesdames, on ne vous trouverait belles qu'autant que vous seriez tatouées, c'est-à-dire, que vous auriez le visage et le corps bariolés de diverses couleurs ; ce qui, outre la douleur que vous ferait éprouver ce genre de parure, vous rendrait méconnaissables.

En Afrique, il vous faudrait, pour plaire, être noires comme l'ébène ; votre joli nez y serait aplati, et vos beaux cheveux seraient métamorphosés en une toison crépue. Je ne vous mènerai pas chez les Hottentots ; car il faudrait entièrement vous refaire, baisser votre taille, épaissir horriblement certaines parties de votre corps, décomposer votre jolie figure, terminer en pointe votre front ainsi que votre menton, rapetisser vos beaux yeux, et élargir indéfiniment votre nez, ainsi que votre bouche et vos oreilles.

10

Ah ! Dieu, s'écrièrent-elles alors, qu'est-ce donc que la beauté, si elle est considérée si diversement par tous les peuples de la terre? — Un être idéal, Mesdames, un effet de l'habitude, un objet de contemplation, souvent le résultat d'un manque de sujets de comparaison, et quelquefois aussi une conséquence de l'amour-propre. Personne ne veut convenir de sa laideur; de l'individu, cet aveuglement gagne le général, c'est-à-dire, les nations. Les nègres font le diable blanc, comme nous le faisons noir, et ainsi du reste.

Cependant, Mesdames, rassurez-vous; les peuples policés préfèreront toujours les beautés qui vous ressemblent aux beautés pittoresques et hideuses que je viens de décrire. Ainsi, que vous importe le jugement des sauvages de l'Amérique, des barbares africains, des magots de la Chine, et des despotes asiatiques, puisque ces beautés, que vous n'enviez guère, sont ou esclaves, ou au moins sujettes dans leur patrie; tandis que vous régnez en France,

et faites le charme de la nation la plus
polie, la plus spirituelle et la plus galante
du monde entier ?

Là se termina notre conversation. Le
courroux de ces dames s'apaisa ; elles pa-
rurent même se résigner à n'être belles
qu'en Europe, à ne captiver que les Français ; et dès-lors elles abandonnèrent gé-
néreusement le plan d'une domination générale, comme ressemblant un peu à ces
projets de monarchies universelles tentées
par plus d'un conquérant, mais toujours
sans succès.

NOTRE MAROTTE.

« Tous les hommes sont fous, et, malgré tous leurs soins,
Ne diffèrent entre eux que du plus ou du moins. »

BOILEAU.

En effet, chacun de nous a sa *Marotte,* à laquelle nous tenons autant qu'à la vie, et cela doit être, puisqu'elle caresse notre amour-propre, nos faiblesses, nos passions, et nos défauts.

Quel est celui de nous, je le demande, qui ne pense pas posséder de la bonté, de l'esprit, des talens, des connaissances, enfin quelque qualité physique ou morale? Et si la vérité vient à nous présenter son miroir pour nous désabuser, nous le brisons en l'accusant d'injustice ou de fausseté. Voilà pourquoi nous conservons nos défauts, et acquérons rarement les qualités que nous croyons posséder.

Si cependant nous sommes forcés de reconnaître en nous quelques faiblesses ou quelques vices, pleins d'indulgence pour nous-mêmes, nous trouvons encore le moyen de nous les pardonner en faveur de quelque bon motif, et toujours de nous préférer aux autres.

L'ivrogne veut, dit-il, noyer son chagrin dans le vin. Le joueur n'a d'autre but que de passer le temps, et d'augmenter, s'il le peut, sa fortune ; il ne se croit pas d'ailleurs plus coupable que le spéculateur de la bourse qui se ruine, et ruine les autres. Le libertin excuse sa passion en faveur de sa juste admiration pour la plus belle partie du genre humain, et se préfère à l'être insensible qui végète sur la terre, et n'aime que lui. Le dissipateur méprise l'avare, et celui-ci hait le dissipateur. Le gourmand prétend rendre hommage à la nature en dévorant tout ce qu'elle produit de plus exquis ; tandis au contraire que l'hypocondriaque et quelques médecins modernes pensent que pour se bien porter, on doit se laisser mourir de faim, et abandonner son cadavre aux sangsues.

Le chasseur passionné ne vante que l'exercice; le paresseux s'en moque, et vante le repos.

Le militaire ne parle que de combats, et met son honneur et sa gloire à tuer son semblable. L'homme de robe au contraire prône partout la paix; et, non sans raison, condamne, comme assassin, le duelliste agresseur. Le filou, le fourbe et l'intrigant vantent leur adresse à voler et à tromper l'honnête homme, et se rient de sa bonne foi si souvent dupe de leur fourberie. Il n'y a pas de sophiste qui ne tourne en ridicule les systèmes des autres sophistes, lesquels à leur tour le lui rendent bien. Il n'est point un libéral qui, plein d'amour pour les révolutions, ne prétende, dans son orgueil insensé, travailler au bonheur des peuples dont il trouble le repos.

La vieillesse blâme l'imprudente jeu-

nesse; la jeunesse se rit des conseils de
l'impuissante vieillesse. La prude décrie
la coquette; celle-ci décrie et démasque la
prude. La femme galante vante sa sensibilité, et excuse ses faiblesses par son besoin d'aimer, tandis que la femme orgueil-
leuse noircit jusqu'à la femme de bien.

L'ignorant fait peu de cas de l'homme
instruit qu'il taxe de pédantisme, et dont
il critique à tort et à travers la prose et
la poésie. Il ressemble au renard qui, ne
pouvant atteindre aux raisins qu'il con-
voite,

« Ils sont trop verts, dit-il, et bons pour des goujats. »

L'ambitieux cache sa passion sous le
motif louable d'illustrer sa famille, tandis
que le nonchalant au contraire s'endort et
fait croupir la sienne dans l'inertie, sous
prétexte qu'il méprise l'intrigue et l'ambition. Le mélomane ne vante que la musique; le poète les vers, et surtout sa poésie. Et moi-même, en ce moment, n'ai-je
pas la vanité d'écrire de la mauvaise

prose, et de faire part au public de mes observations, au risque de lui prêter à mon tour le flanc, et d'être percé d'outre en outre par les traits envenimés de la satire et de la méchanceté.

Tant il est vrai, comme l'a si bien dit Boileau, que

De Paris au Pérou, du Japon jusqu'à Rome,
Le plus sot animal, à mon avis, c'est l'homme.

Un auteur non moins sévère a dit que *pour ne pas vivre avec les fous, il faudrait vivre seul, et encore casser son miroir.*

Que conclure de tout cela? que la moitié du genre humain se moque de l'autre moitié. Est-ce un bien, est-ce un mal?

C'est sans contredit un mal, lorsqu'on se permet de noircir les réputations, calomnier les intentions les plus pures, ridiculiser le mérite ou la vertu, et tourner en dérision tout ce que nous devons respecter, comme la religion, la monarchie et les lois: car il n'y a qu'un pas de là au mépris des choses les plus sacrées, et bientôt il n'y a plus de lois, de gouvernement, ni même de société.

Mais il n'en est pas ainsi, selon moi, lorsqu'on ne rit que des vices ou des ridicules; il n'est peut-être contre eux, en France surtout, d'armes plus puissantes que celles de la plaisanterie.

Les gens les plus vicieux, qui rejettent avec dédain les leçons de la sagesse, ne résistent pas à une épigramme; et une chanson a quelquefois produit plus d'effet sur certaines gens, que des volumes entiers.

N'a-t-on pas vu Molière se faire justice des femmes savantes, des précieuses ridicules, des Trissotins et des tartufes de son siècle; tandis que la voix éloquente des Bossuet, des Massillon, des Bourdaloue, comme des Fénélon, tout en pénétrant les cœurs, ne les corrigeait pas.

O Molière, homme inimitable ! si tu pouvais revenir sur la terre, tu trouverais sans doute un champ bien vaste ouvert à ton génie; et nos ridicules, présentés sous une autre face, ne seraient pas moins plai-

sans sous ta plume, que ceux du siècle de
Louis XIV ; et tels qui, de nos jours, semblent en tirer vanité, iraient bientôt,
frappés par toi, les cacher à tous les yeux.

D'ailleurs qui sait si ce penchant qu'a
l'homme à se moquer de son semblable,
ne lui est pas inspiré par la nature ?
L'homme est souvent le miroir de l'homme ;
et s'il s'aime avec ses défauts, il ne peut
supporter celui qui lui ressemble. On se
corrige donc ainsi mutuellement, tandis
au contraire que l'on se familiariserait avec
le vice, et il pervertirait bien plus encore
la vertu, si l'on était trop indulgent
pour lui.

Pour terminer enfin le chapitre de *Notre Marotte*, rappelons-nous ce qu'a dit le
bon La Fontaine avec sa naïveté si grâ-
cieuse :

<blockquote>

Le fabricateur souverain
Nous créa besaciers tous de même manière,
Tant ceux du temps passé que du temps d'aujourd'hui
Il fit pour nos défauts la poche de derrière,
Et celle de devant pour les défauts d'autrui.
</blockquote>

L'ANGLAIS AUX TUILERIES.

octotototo

Un jour j'étais allé me promener aux Tuileries : comme il faisait très-chaud, je m'étais assis sous l'épais feuillage d'une des longues et belles allées de ce vaste jardin. Là, le bras appuyé sur une seconde chaise, la seule qui restât vacante autour de moi, j'observais cette foule de promeneurs des deux sexes qui cherchaient à s'y faire remarquer, ou à tuer le temps, lorsqu'un gros Anglais, essoufflé et suant à grosses gouttes, vint me prier de lui céder la chaise qui me servait d'appui. Je m'empressai d'acquiescer à sa demande ; et après qu'il eut à mainte reprise essuyé son gros visage et repris haleine, je voulus, selon la coutume française, faire honneur à cet étranger, en entamant avec lui une conversation qu'il ne paraissait pas rechercher. Mais on sait que depuis long-temps cet usage existe dans les Gaules ; car Jules-César disait que lorsqu'un Gaulois accostait un étranger, sa première chose était de lui demander *ce qu'il savait, ou d'où il venait.*

Pour donc ne pas dévier de cette antique coutume de nos pères, qui cependant me parut toujours un peu indiscrète, je me mis à questionner cet Anglais. Milord, lui dis-je (car enfin il pouvait en être un, et nous autres Français, pour ne blesser personne, préférons donner un titre qu'on n'a pas, plutôt que de l'ôter à qui le possède ; aussi, que de gens actuellement en France, se sont titrés de cette manière) : Milord, y a-t-il long-temps que vous êtes en France? Surpris sans doute de ma question, il me regarda d'abord, et me dit ensuite : *If you please ?* — J'ai

l'honneur de vous demander s'il y a long-
temps que vous êtes en France? Il me
regarda encore, et me dit enfin : Deux
ans. — Y avez-vous voyagé? Il parut se
résigner à mes questions, et me répondit
cette fois sans me regarder. — *Yes,* je en
have fait le tour. — Comment l'avez-vous
trouvée? — Je have vu des provinces assez
jolies, et d'autres pas beaucoup. — Vous
devez avoir remarqué, au moins, qu'en
général il existe de l'aisance parmi toutes
les classes de la population. — *Yes,* mais
pas beaucoup fort chez la noblesse. — Cela
ne doit pas vous surprendre après une révolution qui l'a ruinée. — On me have dit
que, même avant la révoluchone, il ne
était pas fort riche aussi. — Il est vrai
qu'attachée à ses devoirs, elle s'est toujours
ruinée au service de l'Etat. — Il est fort
bien fait de servir le Etat, mais il ne faut
jamais le faire à son dépente ; voilà le opinion des *Englishs.* — En France, Milord,
et dans toutes les classes, on a toujours
préféré l'honneur à la richesse. — Pour-

tante le richesse est une fort bonne chose,
je vous assure, tandis que le honneur ne
produit rien. — Et l'estime de ses concitoyens, le contentement de soi-même, une
réputation belle et sans tache, ne sont
donc rien à vos yeux? — Tout cela pour
moi ne vaut pas une guinée. — Il faut espérer que tous les Anglais ne pensent pas
comme vous. — Cela se peut; mais au
moins je crois que le governement de le
Angleterre pense tout de même. — Tant
pis; mais, quoi qu'il en soit, Milord, je
suis obligé de vous faire observer que si
votre noblesse est plus riche que la nôtre,
elle le doit en partie aux biens de l'Eglise catholique dont votre roi Henri VIII, et votre
reine Elisabeth l'ont enrichie, en dépouil-
lant cette Eglise d'une manière aussi injuste que cruelle. Je saurai me dispenser
de vous en expliquer la cause peu honorable; mais je suis obligé d'avouer que la
noblesse française eût refusé de s'enrichir
par de tels moyens. — Aussi avec de si
belles sentimentes, votre noblesse sera tou-

jours pauvre. — Que lui importe, si elle
préfère être sans reproche? D'ailleurs si la
noblesse en général est peu riche en
France, le peuple en revanche est heureux et à son aise; tandis qu'en Angleterre,
auprès de l'opulence, on rencontre la misère et ses haillons; et votre taxe des
pauvres, inconnue avant votre schisme,
a beau s'accroître chaque année, elle est
toujours bien au dessous du nécessaire.
— Qui dit cela, Monsieur? les ennemis des
Englishs, sans doute. — L'évidence, et de
plus, un de vos compatriotes, protestant
lui-même, qui le démontre d'une manière victorieuse dans un excellent ouvrage intitulé *Histoire de la Réforme en
Angleterre et en Irlande*, enfin *William
Cobbet*. — Ce *William Cobbet* il est un im-
pertinente. — Il est au moins sincère. —
Que have-t-il besoin d'instruire le monde
de ce qui se passe dans son *country*. Il
est un mauvais protestante. — Je le crois
comme vous; mais aussi c'est un ami
du vrai et de l'humanité. — Je ne dis

pas qu'il have fait un mensonge, mais seulement qu'il aurait fait très-mieux de ne rien dire *at all.* — Revenons à la France, Milord, et convenez au moins que si l'on n'y voit pas de fortunes colossales, comme en Angleterre, en revanche on y est affable pour les étrangers, et on les y accueille bien. — *Yes;* je suis assez contente. (C'est heureux, dis-je tout bas.) — Vous devez également remarquer que le peuple, bien que très-attaché à la religion de ses pères, n'en est pas moins tolérant pour les autres religions? — *Yes, yes.* — Vous avez dû voir aussi que notre industrie a fait de grands progrès. — *Yes;* mais cependant il est encore beaucoup loin de celle de l'Angleterre. — Moins peut-être que vous ne le prétendez, et qu'on ne le désirerait dans votre patrie.

Il me regarda, et me dit : Vous have tort de le penser, Monsieur; nous sommes tranquilles là-dessus : jamais vous ne arriverez à notre perfecshone. — Et qui pourra, lui répliquai-je un peu piqué, nous em-

pêcher d'y parvenir? nous croyez-vous
moins d'esprit et d'intelligence que les
Anglais? — Non; mais ce qui vous en em-
pêchera, c'est le caractère léger de votre
néshone. Inconstante par nature, elle ne
se fixe sur rien; elle entreprend toute,
embrasse toute, se décourage bientôt, et
n'achève rien. Elle ne voit que superficiellement les choses, veut toujours imiter
les autres néshones, et semble ne estimer
que ce qui vient du dehors. Voyez vos
dames frencheses, au lieu de acheter des
choses faites en France, et faire ainsi prospérer le industrie et les manufactures
néshonales, elles ne sont contentes que
lorsqu'elles peuvent frauder des étoffes englishes, ou des cachemires des Indes. Vos
voitures sont à l'englishe; vous have des
tilburys, des boguets, etc., etc., avec un
siége par derrière eux, pour faire asseoir
un jockey; vous vous servez de tout cela
dedans Paris, sans penser seulement que
toutes ces voitures, en Angleterre, ne
servent que pour la chasse ou pour le

11

voyage, comme nos jockeys ne sont que des coureurs ou des garçones de l'écurie. Beaucoup de vos modes sont englishes, et après vous havoir moqué d'elles bien beaucoup, vous les adoptez.

On me have dit aussi que le Français était gai et aimable beaucoup fort : je le ai trouvé presque aussi sérieux, et pas beaucoup plus galante que le English qu'il semble aussi vouloir imiter en ceci. Vous vous have moqué de nos *routs,* et bien vite après vous have eu des *routs ;* enfin vous buvez du punch et du thé à présente, presque autant que nous, et mangez, comme nous, du *plumb-pudding.* Votre governemente même il est imité du nô-tre; et, comme vous le voyez, en toutes cho-ses, vous semblez chercher à faire comme nous, tout en vous moquant de nous : est-ce là être bien sage et bien conséquente?

Etonné de cette abondance de phrases qui tout-à-coup sortit de la bouche de mon flegmatique Anglais, et d'autant plus piqué de cette brusque apostrophe, que j'étais obligé de convenir intérieurement que sa critique renfermait plus d'une chose vraie, je gardai un moment le silence ; mais après m'être recueilli, je voulus à mon tour défendre ma nation attaquée.

Il se peut, Milord, lui dis-je, que les Français soient parfois légers et inconséquens ; qu'ils se moquent d'abord des usages qu'ils adoptent ensuite, et qu'ils se laissent séduire par l'appât des objets étrangers ; mais il me semble que votre nation, si sage selon vous, possède, comme la mienne, plus d'un de ces défauts. Vous recherchez ce qui se fait en France, comme nous recherchons ce qui vient de l'Angleterre. Vous aimez infiniment nos étoffes de Lyon et mille autres objets de nos manufactures. Et si parfois nous adoptons vos modes, qu'au reste nous avons soin de perfectionner auparavant, vous vous emparez également des nôtres, mais les ajustez mal. Ne voit-on pas vos dames anglaises faire venir à grands frais, et en fraude, nos dentelles, et jusqu'à des sou-

liers faits à Paris? Dans les grandes maisons de l'Angleterre, on a des cuisiniers
français, qui savent à vos grosses pièces de
viande ajouter nos mets délicats. Maintenant aussi vous abandonnez au peuple
l'usage assez sale de s'essuyer la bouche à
la nappe, et à notre imitation, vous don-
nez des serviettes aux convives. On dit
même que, depuis quelque temps, les Anglais de bonne compagnie boivent un peu
moins. On dit aussi que les dames anglaises, voulant paraître vives et enjouées
comme nos Françaises, prennent du bruit
pour de la gaîté, et croient que la vivacité consiste en un mouvement et un bruit
perpétuels, à marcher bras dessus bras
dessous dans un salon, sans se douter
qu'en France, dans la bonne compagnie,
la gaîté n'a jamais consisté dans de grands
éclats de rire, et dans une agitation et un
parlage continuels; mais dans des saillies
vives et heureuses, dans une physionomie
ouverte et riante, et dans le sourire fin,
plutôt que dans le gros rire.

Il est vrai cependant qu'en général le Français est moins aimable et moins gai qu'autrefois. Les troubles, les passions, les malheurs long-temps déchaînés contre ma malheureuse patrie, ont seuls causé ce changement dans notre caractère : mais comme l'heureux climat sous lequel nous vivons est toujours le même, que le même soleil toujours nous éclaire, lorsque le souvenir de nos malheurs sera entière- ment effacé, vous nous verrez reprendre la gaîté qui appartient plus à notre sol qu'à nous-mêmes, et nous renverrons dans votre île nébuleuse le spleen et la mélancolie.

Vous ajoutez que nous avons cherché même à imiter votre gouvernement : c'est encore ce que je conteste jusqu'à un certain point. Nous avons, il est vrai, comme en Angleterre, chambre de la No- blesse et chambre des Communes : mais notre roi conserve toute sa dignité; il propose les lois, fait la paix et la guerre, tandis qu'on propose les lois au vôtre, et qu'il n'est guère considéré par ses sujets que comme un administrateur en chef, à peine digne de leurs hommages et de leurs respects.

Si maintenant je compare les élections de nos députés respectifs, je vois qu'en France il y règne de la décence, des égards même entre les électeurs d'opinions différentes; tandis qu'en Angleterre, à quels excès ne se portent-ils pas pour obtenir des députés de leur choix? Que d'injures grossières ne s'adressent pas vos orateurs de *Hustings*, dont les discours échauffent la multitude à moitié ivre, et la portent aux voies de fait, aux coups de poing, à aller casser les vitres des maisons de leurs rivaux, à se lancer des pommes, des pots cassés, et des pierres. Vos princes, et même votre roi, ne sont pas toujours à l'abri de la grossièreté du peuple; enfin votre *john-bull* (*) est encore dans toute

(1) Nom que l'on donne, en Angleterre, à la masse du peuple.

la rudesse des temps barbares, tandis que vos élections offrent tous les moyens de corruption connus et employés au dix-neu-vième siècle.

Je conviens qu'il y a de l'inconséquence à notre nation d'adopter des usages et des modes dont elle s'est moquée d'abord ; mais il n'en est point ainsi lorsqu'elle cherche à puiser dans l'industrie des peuples étrangers. Cette conduite au contraire est très-conséquente, et certes plus raisonnable que si, par un sot orgueil, elle préférait la routine et les préjugés au désir de perfectionner et de s'instruire.

A la vérité, il manque encore à la nation française la persévérance et le patriotisme anglais ; mais j'ose vous assurer qu'elle y parviendra, plus tôt peut-être que vous ne le désirez. En attendant, je puis vous promettre que, lors même qu'elle y sera parvenue, elle n'aura pas, comme la vôtre, la présomption de se vanter d'être la première nation du monde : et cependant elle pourrait déjà prétendre égaler et sur-

passer même quelquefois les Anglais, tant
dans les arts et dans les sciences, que dans
l'industrie. Avez-vous eu plus d'hommes illustres en tout genre? Londres of-
fre-t-elle, comme Paris, cette foule d'édifices publics dont la noble et élégante
architecture rappelle les beaux temps de
la Grèce? Vos peintres ont-ils jamais égalé
les nôtres? avez-vous vos Gobelins, vos
manufactures de Lyon? notre acier n'é-
gale-t-il pas maintenant le vôtre? vos gla-
ces, vos porcelaines, vos cristaux l'em-
portent-ils sur les nôtres? A la vérité, il
nous manque encore la propreté qui règne, en Angleterre, dans les maisons de
toutes les classes; nous n'avons pas non
plus votre recherche dans tout ce qui appartient au luxe et à la commodité de la
vie. Vos équipages sont mieux tenus que
les nôtres, votre cavalerie est mieux mon-
tée, votre artillerie est mieux attelée;
vous voyagez avec plus de célérité que
nous, et vos voitures publiques ne sont
pas, comme les nôtres, des *Messageries,*

chargées de marchandises, lesquelles, par leurs chutes fréquentes, causent chaque jour la mort ou la mutilation de quelques voyageurs.

Notre agriculture n'est pas non plus aussi perfectionnée que la vôtre ; mais le gouvernement commence à l'encourager ; et bientôt, je n'en doute pas, on la verra faire de rapides progrès.

Au reste, Milord, si ma nation vive et enjouée par nature, vous semble parfois légère et inconséquente dans les petites choses, elle est en revanche noble et pleine de dignité dans tout ce qui touche son honneur. On ne verra jamais le gouvernement français faire un appel aux passions des peuples pour les révolutionner, dans le but de s'agrandir ou de s'enrichir à leurs dépens ; et si nous faisons la guerre aux nations, c'est moins par spéculation que pour défendre le bon droit, et pour acquérir de la gloire. Enfin notre caractère fut, est et sera toujours tout chevaleresque , et *honneur , fidélité , bravoure* et *loyauté* seront toujours, sous le règne des Bourbons, la devise des Français.

Je ne sais ce que Milord aurait répliqué ; mais, fatigué par ma longue tirade, assez mécontent du résultat de la conversation que j'avais provoquée, je me levai, et, après l'avoir salué, je partis et le laissai peut-être aussi peu satisfait de moi que je l'étais de lui.

QUESTIONS.

Demande. Qu'est-ce qu'une monarchie?

Réponse. C'est une famille gouvernée par son père.

D. Qu'est-ce qu'un gouvernement constitutionnel?

R. C'est une famille appelée par son chef à partager avec lui l'administration des affaires.

D. Qu'est-ce qu'une république?

R. C'est une famille privée de son chef, qui veut se gouverner elle-même.

D. Qu'est-ce que l'anarchie?

R. Un désordre affreux, résultant de ce que la famille a voulu se gouverner elle-même; c'est l'oubli des devoirs respectifs, la révolte contre les lois sociales, et le refus d'obéissance à toute autorité.

D. Qu'est-ce que le despotisme?

R. C'est le pouvoir usurpé par un des membres de la famille, lequel membre, pour le conserver, emploie la force, la violence et souvent même le crime.

Le despotisme est ici la conséquence de l'anarchie, comme l'anarchie est la conséquence de la république, avec la différence cependant que la république a détruit la monarchie, tandis que, par ses excès mêmes, le despotisme tend à ramener la famille à la monarchie par le retour à l'ordre et à l'obéissance.

Malheur donc à la famille qui se révolte contre son chef, et qui méconnaît son autorité! elle deviendra sa propre victime; et, après s'être déchirée elle-même, il sortira de son sein un être ambitieux, audacieux et cruel qui l'asservira et lui fera regretter la perte du pouvoir paternel qu'elle-même avait méconnu, dé-

truit et outragé, et lui en fera ardemment
désirer le retour.

D. Qu'est-ce qu'un royaliste ?

R. C'est un homme soumis à son souverain légitime, qui respecte son pouvoir,
qui obéit aux lois, et qui, par amour pour
sa patrie, est toujours prêt à se sacrifier
pour elle.

D. Qu'est-ce que la noblesse ?

R. C'est une distinction accordée par le
roi en récompense de services rendus à
l'Etat.

D. Les peuples anciens avaient-ils une
noblesse ?

R. La noblesse, proprement dite, ne
leur était pas connue, puisqu'elle appartient aux peuples du nord de l'Europe ;
mais ils avaient des familles distinguées
et honorées comme ayant rendu des
services à l'Etat : on voyait même de ces
familles se faire descendre des dieux, voulant par là s'illustrer davantage, et faire
perdre leur origine dans la nuit des
temps.

Les Athéniens avaient une vénération particulière pour les familles illustrées par des services rendus à la patrie, et pour les honorer, ils fixaient pour elles des places distinguées dans les cérémonies publiques ; et de plus, elles étaient nourries aux frais de la république, sous le titre de *parasites,* titre alors honorable, mais depuis avili par l'abus qu'on en fit et par l'oubli de son origine.

Les Romains, comme on sait, avaient leurs patriciens et leurs chevaliers ; et la noblesse française, telle qu'elle existe maintenant, rappelle un peu ces distinctions de la république romaine.

D. La noblesse est-elle royaliste ?

R. Autant vaudrait demander si le roi l'est lui-même.

D. Ne dit-on pas qu'elle est ennemie de la charte constitutionnelle, accordée par Louis XVIII à son peuple ?

R. Ce sont ses ennemis qui le prétendent : quant à elle, fidèle à ses sermens, elle a juré de la maintenir, et, en dépit même de ses calomniateurs, elle la maintiendra toujours. L'époque des cent jours confirme ce que j'avance.

D. On dit pourtant qu'elle regrette les siècles de la féodalité ?

R. Nouvelle calomnie, et d'autant plus absurde qu'il suffit de lire l'histoire de cette époque pour juger si la noblesse peut la regretter. En effet son sort était de se battre sans cesse, soit pour le roi, soit contre elle-même. Ses châteaux étaient des espèces de prisons où elle s'enfermait pour éviter ses propres fureurs. Ses droits attaqués par la force, étaient également soutenus par la force : elle n'avait donc jamais ni paix, ni repos ; tandis que maintenant, défendue et protégée par les lois que le peuple a juré lui-même de maintenir, on ne pourrait chercher à la détruire, qu'en détruisant ces lois elles-mêmes.

Ainsi l'on voit que, loin de regretter le siècle de la féodalité, la noblesse serait bien fâchée que cette époque revînt pour elle. On a pu l'entendre parfois gémir sur ses malheurs : hélas ! qui pourrait lui reprocher ses pleurs, après tout ce qu'elle a souffert? Mais elle se résigne, et se console en partageant le repos du reste de la nation, et en jouissant en paix du peu de bien qui lui reste. Elle sait se contenter de la considération morale qu'elle possède et qu'on voudrait en vain lui ravir, et se soucie peu des droits féodaux qu'elle voudrait, dit-on, rappeler, et auxquels elle-même avait renoncé en partie, avant que la révolution les eût abolis.

D. Que serait une monarchie sans noblesse?

R. Ce serait un gouvernement despotique, comme en Turquie et chez tous les peuples de l'Asie où il y a un maître et des esclaves.

Ainsi, comme on voit, la noblesse sert de contrepoids à la balance politique. Elle défend à la fois le peuple contre le despotisme, et le trône contre l'anarchie.

D. Le peuple a donc eu tort de haïr et de détruire la noblesse ?

R. Autant de tort qu'auraient des enfans mineurs de se défaire de leurs frères majeurs, dont le devoir, comme l'intérêt, est de les protéger. Aussi, après la destruction de la noblesse, a-t-on vu le peuple, privé de ses défenseurs naturels, devenir à son tour victime de la tyrannie de Robespierre.

D. On avait cependant dit au peuple qu'on détruisait le trône et la noblesse pour son bonheur ?

R. C'est toujours ce que disent et diront les gens perfides qui, pour s'élever et s'enrichir, auront besoin du peuple qu'ils trompent d'abord, et qu'ils tyrannisent ensuite.

D. Qu'est-ce qu'un républicain ?

R. C'est un orgueilleux qui refuse d'obéir, afin de pouvoir commander ; qui veut renverser tout ce qui le domine, afin de dominer tout le monde : c'est un ambitieux désordonné qui cache sa passion

1 2

sous le masque du bien public, et qui cherche à asservir sa patrie, en lui vantant son désintéressement et son amour pour elle.

D. Qu'est-ce qu'un homme appelé libéral, de nos jours ?

R. C'est un homme ennemi de tout gouvernement ; c'est un esprit malade qui veut avoir ce qu'il n'a pas, et qui se plaint de tout ce qu'il voit autour de lui. Dans une monarchie, il est républicain, comme il serait royaliste dans une république. Toujours tendant à la *perfectibilité de l'esprit humain*, il croit, dans sa folie, que l'homme, débarrassé de toute entrave, égalerait presque la divinité. C'est pourquoi, considérant la religion comme un obstacle, il cherche à la détruire. La monarchie, à son tour, est à ses yeux un asservissement : il n'en veut pas. Or, comme une république a des lois plus sévères encore, il la répudierait bien plus promptement.

C'est aussi par cette raison qu'il attaque

les mœurs; car elles ont également des lois qui contiennent les passions des hommes; et comme, selon lui, ce sont les passions qui poussent l'homme aux grandes choses, il veut non-seulement les lui conserver, mais encore les exciter, afin qu'il s'efforce, comme les Titans, à entasser monts sur monts pour attaquer les cieux, sans prévoir, l'insensé! le sort qu'il prépare aux orgueilleux qui voudront l'imiter.

D. Qu'est-ce qu'un philosophe moderne?

R. C'est un libéral qui écrit ses folies, et qui les répand.

D. Que faudrait-il en faire?

R. L'empêcher d'écrire, et l'enfermer à Charenton, comme un fou dangereux qui mettrait le feu au monde entier, pour nous prouver que nous sommes réellement au siècle des lumières.

D. Qu'est-ce qu'un philanthrope?

R. C'est un autre fou qui s'apitoie sur tout ce qui n'est pas lui et les siens : on le verra prendre le parti des nègres ou des sauvages de l'Amérique contre les blancs, ses semblables, qu'ils massacrent ; il vantera l'humanité anglaise, sans songer qu'elle asservit une partie de la nation, par cela seul que cette partie est restée catholique, comme l'autre partie l'était autrefois.

Par pitié pour les peuples asservis, il les portera à la révolte, les entretiendra dans des guerres cruelles qui les anéantiront s'ils succombent, et les décimeront s'ils triomphent.

Par sensibilité, il ne voudra pas qu'un prêtre approche d'un moribond, de peur de l'alarmer ; et tout pour le corps défaillant de ce malheureux, il ne s'inquiètera pas même de son âme.

Fait-il partie d'un jury ? on le verra s'apitoyer sur le sort du coupable ; et, plutôt que de le condamner, il préfèrera laisser rentrer l'assassin dans la société, et courir sur de nouvelles victimes : car tel est l'effet de sa conduite, qu'en absolvant le crime, il sacrifie nécessairement l'innocence. N'importe, il trouve toujours les lois trop sévères, et si l'on suivait en tout point sa folie, on se bornerait à fustiger un criminel avec des verges de plumes.

Par philanthropie encore, on le verra se refuser de prendre à son service un malheureux qui le réclame, et il le renverra, par humanité, préférant se servir lui-même plutôt que de dégrader et avilir l'homme, en souffrant qu'il serve son semblable.

Les animaux même exciteront tellement sa pitié, qu'il serait tenté de mener son cheval par la bride, plutôt que de le fatiguer par son poids ; et son tendre cœur souffre, lorsque, mangeant de la viande, il songe que peut-être cet animal a été tué pour lui. Il serait presque capable, pour cette raison, de refuser un bouillon à un malade ; et on le verrait hésiter de défendre un homme attaqué par un voleur, de peur de tuer ce voleur.

Ainsi, comme on le voit, le philanthrope est un homme qui devient insensible à force de sensibilité.

D. Qu'est-ce que la liberté de la presse ?

R. C'est la faculté accordée d'écrire tout ce qu'on pense, lorsque l'on a pour but d'éclairer le roi et ses ministres, ou d'instruire le peuple.

D. Qu'est-ce que la licence de la presse ?

R. C'est l'abus que font certains hommes de la liberté de la presse, pour séduire et pervertir le peuple, décrier le gouvernement et la religion, et corrompre les mœurs, en écrivant et répandant des libelles et des ouvrages licencieux.

On peut comparer la liberté de la presse à un flambeau qui éclaire, et la licence à une torche employée à mettre le feu partout sur son passage.

D. Le meilleur moyen, en ce cas, ne serait-il pas de conserver le flambeau, et d'éteindre avec soin la torche incendiaire ?

R. Sans doute ; et c'est ce qu'on veut faire, quoique bien tard ; car cette torche a déjà causé tant de ravages, que je les considère comme irréparables. En effet, si un malade, plein de confiance en un

charlatan, avait avalé le poison qu'il lui
eût donné, et qu'un médecin appelé eût
attendu qu'il fût à la mort pour lui admi-
nistrer un contre-poison , il est plus que
probable que son remède serait de nul effet.

D. Pourquoi donc, en ce siècle, met-on
toujours tant de lenteur à faire le bien et à
réprimer le mal ?

R. C'est ce que souvent je me suis demandé, et c'est une énigme que je n'ai pu
résoudre encore; mais une maxime dit
que celui qui ne réprime pas le mal
aussitôt qu'il le peut, coopère lui-même
au mal qu'il n'a point empêché (*).

(*) Dans cette espèce de *Petit Catéchisme politique,*
on remarquera que l'auteur s'est peu attaché à la
définition exacte des sujets qu'il a mis en questions. Il n'a eu en vue que de prouver l'abus qu'on
fait aujourd'hui des termes de *philosophe, libéral,
philanthrope,* etc., titres honorables lorsqu'ils sont
pris dans leur véritable acception, mais devenus
dérisoires par l'usage vicieux qu'on en a fait. C'est
dans le système de nos réformateurs, et un de leurs
plus dangereux appâts, d'éblouir la multitude par
l'éclat des mots, comme d'entraîner la jeunesse par
leurs éloges outrés.

RESPECT HUMAIN.

BIEN peu de personnes possèdent assez de force dans le caractère pour se mettre au-dessus du *Respect humain :* aussi n'est-il que trop souvent le mobile de nos actions. On consent plutôt à avoir tort avec la multitude, que d'avoir raison en la combattant. Il est si facile en effet de se laisser aller au courant de l'eau !

Dès notre enfance, nous agissons par respect humain. On voit, dans les colléges, maint enfant studieux, doux et obéissant, se laisser entraîner aux mauvais exemples, à l'insubordination, à la révolte même, par respect humain, c'est-à-dire, par la crainte d'encourir les sarcasmes des mauvais sujets qui le corrompent, et de passer pour timide et mauvais camarade.

Si cet enfant, devenu homme, entre dans un régiment, ce même défaut l'y accompagne ; et il préfère manquer à ses devoirs, devenir insoumis, libertin, impie même, plutôt que de passer pour un Caton, un dévot, et d'être injustement appelé censeur et hypocrite. Pacifique par goût et par principes, il deviendra bientôt duelliste de profession, et préférera attenter à la vie de son camarade, de son ami même, plutôt que d'être accusé de manquer à l'honneur, comme si l'honneur consistait à s'entr'égorger, non pour défendre son roi ou sa patrie, mais pour des motifs qu'on rougirait souvent d'avouer.

Mais ce spadassin, qui appelle honneur d'attenter à la vie de son semblable, n'éprouve aucun scrupule à tromper les femmes, à les déshonorer même, à abuser un ami, et à ne pas payer ses dettes. Combien de gens aussi confondent le courage avec

l'honneur, la témérité avec la bravoure!
Un voleur de grand chemin est téméraire,
courageux même, puisqu'en attaquant les
voyageurs, il expose sans cesse sa vie : est-
il pour cela un homme brave, un homme
d'honneur ?

Le respect humain nous suit également
dans le monde; et là, plus qu'ailleurs, il
exerce son empire. Une mère conduira sa
fille dans des réunions nombreuses et mal
choisies, de peur de passer pour trop sévère ou ridicule aux yeux d'autres mères
moins scrupuleuses. Un mari, par la
crainte d'être taxé de jalousie ou de tyrannie, abandonnera sa femme jeune, étour-
die, inconséquente, à toute la fougue des
plaisirs, et à la foule des caprices qui l'obsèdent et qu'elle veut satisfaire.

L'homme du monde se voit entraîné à
des dépenses qui excèdent souvent sa fortune; il en gémit, il voudrait les éviter ;
cependant il y persévère, et se ruine par
respect humain.

Par respect humain encore, on écoute

la médisance, on souffre la calomnie, et
l'on n'ose même pas défendre une personne
faussement et indignement outragée,
quoiqu'elle soit quelquefois votre amie,
votre parente, et même votre bienfaitrice.

On voit l'impie ridiculiser la religion ou
la piété ; et l'honnête homme, de peur
d'être taxé de préjugés ou de ridicules,
n'ose s'élever contre cet impie, et lui montrer son indignation. Il craindra même,
par respect humain, de fermer sa porte à
cet antagoniste, si celui-ci a quelque succès
ou quelque crédit dans le monde. Il en est
de même d'une femme honnête à l'égard
d'une femme qui ne l'est pas.

Par respect humain, on applaudit un
sot en faveur, et l'on se moque de l'homme
de mérite pauvre et délaissé.

L'homme bien pensant ne combattra point
les principes opposés aux siens, de crainte
de passer pour ennemi du progrès des lumières ; il semblera plutôt s'y plier : et
quoique ses principes soient les seuls vrais,
il n'osera, par respect humain, les défen-

dre. Aussi est-ce cette coupable pusillani-
mité qui a produit notre révolution. Le phi-
losophisme, hardi comme le génie du mal
qui l'enfanta, osa proclamer ses projets
subversifs. Le respect humain garda le silence; que dis-je? il y applaudit même,
et tout fut perdu. Ne vit-on pas la cour
et les hautes classes de la société courir
aux pièces de Beaumarchais, qui n'é-
taient qu'une longue satire contre la cour
et la noblesse? Ne vit-on pas chacun,
tout en méprisant Rousseau et Voltaire,
lire avidement leurs œuvres dégoûtantes
de cynisme et d'impiété? Ne courait-on pas
en foule aux spectacles pour voir jouer des
pièces contre les rois et la religion, telles
que Tarrare, les Visitandines, Brutus,
etc., etc.? Bientôt après vinrent les dons
patriotiques, auxquels, par respect humain, et tout en murmurant, chacun
s'empressa de satisfaire : les chansons et les
caricatures contre le roi, la noblesse et le
clergé, suivirent. Enfin petit à petit, une
poignée d'audacieux, profitant de l'effroi

qu'ils inspiraient, et voyant que jamais on n'osa leur résister, renversèrent la monarchie, et traînèrent à l'échafaud un monarque adoré que le respect humain et ensuite la terreur empêchèrent de défendre. Oui, dans l'horrible assemblée de ses juges, ou plutôt de ses bourreaux, il se trouva, dit-on, une majorité qui aurait pu le sauver, et que le respect humain glaça. Cette majorité ne voulait pas la mort du roi, mais seulement sa déchéance. Cependant, pour ne pas paraître abandonner les principes révolutionnaires qu'elle avait aveuglément embrassés, elle resta muette, et condamna ainsi la nation entière à gémir à jamais sur le crime que cette majorité a laissé commettre.

Maintenant encore, pourquoi le libéralisme, qui n'est que l'esprit révolutionnaire, est-il si hardi, et dans ses discours, et dans ses écrits ? C'est que, par respect humain, les libéraux à leur tour préfèrent poursuivre une fausse route, plutôt que convenir qu'ils se sont égarés. Mais, chose

plus extraordinaire, beaucoup de royalistes n'osent les combattre, comme s'ils
étaient honteux d'avoir raison, ou mieux,
parce qu'ils semblent craindre les sarcasmes de leurs ennemis. Tant il est vrai que
la probité, par respect humain, tombe
dans la faiblesse, et contribue au mal en
ne l'empêchant pas.

Le respect humain a tellement d'empire
sur nous, que l'on voit une infinité de
personnes parler d'une manière toute opposée à leur conduite. En ce moment
même, ne voit-on pas les libéraux, et certains royalistes, attaquer les jésuites, ou
plutôt leur ombre, employer tous leurs
efforts pour en empêcher le rétablissement? et qui le croirait? ces mêmes libéraux et royalistes s'empressent à l'envi de
leur confier l'éducation de leurs enfans.

D'où naît encore cette opposition si inconcevable entre les discours et les actions de tant de gens, si ce n'est du respect
humain?

Souvent on se demande comment il se

fait que tels hommes qui semblent de forcenés libéraux, dont les discours et les
écrits ne tendent rien moins qu'à bouleverser de nouveau la France, sont, dans
leurs familles, de parfaits honnêtes gens,
bons fils, bons pères, bons époux, et quelquefois même hommes pieux ? Pourquoi ?
parce que le respect humain et un faux
point d'honneur les retiennent dans un
parti qu'ils ont embrassé par faiblesse,
par intérêt, ambition, aveuglement ou ani-
mosité, et parce qu'ils croiraient manquer de caractère s'ils se rétractaient aujourd'hui.

Qu'es-tu donc, ô respect humain, pour
exercer sur nous un empire si tyrannique?

« Je suis enfant de la Faiblesse. La fausse
honte est ma sœur et ma compagne fidèle.
Esclave de tous les préjugés humains, je
n'ose suivre les pas de la vertu ; tourmenté
par la crainte, je me plie à toutes les circonstances, souffre toutes les humiliations,
applaudis au vice, et n'ose pas même
m'opposer au crime....

» Si parfois je fais le bien, c'est en trem-
blant; et si je fais le mal, c'est par une
lâche condescendance. Enchaîné par l'o-
pinion, je suis l'auxiliaire de tous les partis ; et, semblable à la poussière, le vent
me porte tantôt d'un côté, tantôt d'un
autre; de sorte qu'ami ou ennemi, chacun
me trouve aussi dangereux que nul, et je
deviens méprisable à tous.

» O mille fois heureuse est l'âme forte
qui sait me vaincre ! Il lui suffit de le vouloir; elle n'a qu'à me considérer : elle verra
les peines que j'endure, et sentira qu'il
vaudrait mieux pour elle succomber avec
gloire et honneur, plutôt que de ramper
avec moi ; et sous mon empire, d'exister
avec honte et infamie, regrets et remords. »

Marc-Aurèle disait : Que le blame ou
les discours d'autrui ne t'en imposent
point : si la chose est honnête à faire ou
à dire, crois qu'elle est digne de toi. »

» Quoi qu'on fasse et quoi qu'on dise,
il faut absolument que je sois homme de
bien; il en doit être de moi comme de

l'or, de l'émeraude et de la pourpre ; quoi qu'on fasse et quoi qu'on dise, il faut que j'aie ma couleur. Tu veux être loué d'un homme qui, trois fois dans une heure, se maudit lui-même ? Tu veux plaire à un homme qui se déplaît ? Eh ! comment pourrait-il se plaire, puisqu'il se repent de presque tout ce qu'il fait ? »

Voilà ce qu'un honnête homme devrait toujours se dire ; et ne consultant que sa conscience, il doit faire sans crainte ce qu'elle approuve, rejeter tout ce qu'elle blâme ; et, s'inquiétant peu du jugement d'autrui, il ne doit craindre que le ciel et sa justice.

———————— • ————————

L'HOMME D'HONNEUR.

On ne confond que trop souvent la bravoure avec l'honneur : cependant il existe entre ces deux qualités une bien grande différence.

L'homme brave peut ne posséder que le courage, tandis que l'homme d'honneur réunit à la bravoure toutes les vertus qui constituent l'honnête homme.

Protecteur d'un sexe qui mérite nos égards et nos respects, loin de vanter ses succès auprès de lui, il sait au contraire lui être aussi discret que fidèle.

Pénétré de ses devoirs, on lui verra remplir tous ceux de bon militaire, d'administrateur actif, ou de magistrat intègre.

Il n'acceptera d'emploi qu'autant qu'il se sentira capable de le remplir dignement, et alors il lui consacrera tout son temps et tous ses soins.

Il ne fera jamais de vaines promesses : fidèle à ses engagemens, il les remplira tous avec délicatesse et probité ; il secourra son ami dans le besoin ; et loin d'abuser de l'amitié, elle lui sera toujours redevable.

Plein d'horreur pour le mensonge, il ne s'en servira jamais pour tromper les autres, pas même pour s'excuser.

Il ne cherchera jamais à offenser personne ; tout ce qui mérite nos respects obtiendra les siens. Aussi jamais il ne se permettra le moindre propos contre la religion et ses ministres, le roi ou la monarchie, non plus que contre ceux auxquels il doit personnellement des égards.

Il ne cherchera pas à nuire à ses ennemis ; et s'il combat ceux du gouvernement, c'est moins en haine de leur personne, que par la nécessité de détruire l'effet de leurs principes.

Ennemi du vice, il se fera un devoir de défendre l'innocence ou la vertu persé-cutée : il préférera la pauvreté sans tache à la richesse mal acquise, et une vie reti-rée et inconnue à une existence brillante dans le monde, et à une élévation obtenue par l'intrigue et la bassesse.

L'homme d'honneur se gardera bien aussi d'attaquer les réputations; il cher-chera plutôt à excuser le coupable qu'à noircir l'innocent.

Rousseau a dit bien éloquemment en parlant contre le duel :

« L'homme *d'honneur*, dont toute la vie est sans tache, et qui ne donna jamais aucun signe de lâcheté, refusera de souil-ler sa main d'un homicide, et n'en sera que plus honoré. Toujours prêt à servir la patrie, à protéger le faible, à remplir les devoirs les plus dangereux, et à défen-dre, en toute rencontre juste et honnête, ce qui lui est cher, au prix de son sang, il met dans ses démarches cette inébran-lable fermeté qu'on n'a point sans le vrai courage. Dans la sécurité de sa conscience, il marche la tête levée, il ne fuit ni ne cherche son ennemi. On voit aisément qu'il craint moins de mourir que de mal faire, et qu'il redoute le crime et non le péril. Si les vils préjugés s'élèvent un instant contre lui, tous les jours de son honorable vie sont autant de témoins qui les recusent; et, dans une conduite si bien liée, on juge d'une action sur toutes les autres. »

Ainsi l'homme d'honneur est celui qui réunit la bravoure à l'équité, la noblesse à la générosité, la probité à la délicatesse, la soumission à la dignité, la piété à la vertu, la discrétion à la bienfaisance, la sensibilité à la grandeur d'âme, et la force à la justice.

C'est, comme on voit, un être bien rare qu'un homme d'honneur; et bien des gens qualifiés de ce beau titre, sont quelquefois loin d'en posséder toutes les vertus.

Il en est de quelques prétendus hommes d'honneur comme des faux braves; ils n'ont jamais que le mot d'honneur dans la bouche. A force de les entendre ainsi se vanter, on finit quelquefois par les croire ce qu'ils se disent être, sans songer que l'homme de vrai mérite jamais ne parle de lui-même, et qu'il laisse à ses bonnes actions le soin de le faire connaître.

LES MASCARADES.

On accuse depuis long-temps la nation française d'être inconstante ; je ne sais jusqu'à quel point elle mérite cette épithète, si ce n'est peut-être à cause de la variété de ses modes, et de la légèreté de ses opinions et de ses jugemens : car pour ses mœurs et coutumes, peu de nations y furent plus attachées qu'elle, surtout lorsque ses plaisirs y sont intéressés.

N'a-t-on pas vu l'antique fête des Rois survivre à la destruction de la monarchie ? Et tandis que la France s'était constituée république *une et indivisible*, le peuple se réunissait encore en famille pour tirer le gâteau des Rois, sans réfléchir seulement

que cette fête est l'emblême de la Royauté
prosternée aux pieds de la Religion : deux
objets également proscrits à cette époque.

Il est encore un antique usage qui sut
triompher des temps : ce sont les étrennes.
Cette coutume, établie par la sage politique de Janus, survécut au paganisme, et
se transmit chez les chrétiens de génération en génération.

Mais si l'on conçoit que de telles coutumes, qui ont un but moral ou politique,
se soient conservées chez les chrétiens, il
est plus difficile d'expliquer comment les
mascarades ont pu arriver jusqu'à nos
jours ; car loin d'être utile à la société, cet
usage la corrompt et la démoralise. On
sait que le carnaval doit son origine aux
fêtes licencieuses de Bacchus, et rappellent
les lubriques Bacchantes qui, le visage
barbouillé de lie de vin, s'abandonnaient
sans honte, comme sans frein, à toute sorte
d'excès.

En vain pourtant les ministres de notre
religion ont de tout temps fulminé contre

cet usage si contraire à la pureté des mœurs, leur voix fut toujours méconnue, et ces fêtes odieuses autrefois, même aux païens vertueux, sont encore célébrées par les chrétiens, non loin du palais du chef de l'Eglise.

Au moins en Italie, contrée qui a changé tant de fois de maîtres, dont les peuples ont été si souvent vaincus et soumis, la politique a pu maintenir cet usage. Sous le masque, on pouvait plus facilement ourdir et tenter quelque conspiration ; on pouvait ainsi se réunir, se parler, sans être connu, et frapper plus impunément ses ennemis. C'est la ressource du faible et du vaincu d'employer la ruse et la trahison. Mais que cet usage se soit répandu de l'Italie chez les peuples du nord, braves, vaillans et victorieux, c'est ce qui devrait surprendre, si l'on ne savait que les passions, qui n'ont pas de patrie, captivent le nord comme le midi ; et que, honteuses sans doute de leurs propres excès, elles auront profité de ces travestissemens pour cacher leurs turpitudes, et dès-lors tous les peuples de l'Europe auront adopté l'usage de se masquer.

Si telle fut l'origine des mascarades, on peut en conclure au moins que la vertu était considérée comme quelque chose chez les peuples où le vice cherchait ainsi à se cacher.

Mais il y a déjà long-temps que, grâce à la philosophie, l'on est revenu de tous ces préjugés. N'a-t-elle pas démontré que si les hommes naissent avec des passions, c'est que la nature l'a ainsi voulu, et que par conséquent les satisfaire ce n'est autre chose que de lui obéir. Quand on a faim, on mange ; quand on a soif, on boit ; pourquoi nos autres besoins nous seraient-ils moins permis ? Sentant la commodité de ces préceptes, on s'empressa bientôt de les mettre en pratique. On éprouva le besoin de prendre chez les autres ce qu'on n'avait pas, et l'on dépouilla son prochain ; on dut ensuite sacrifier des victimes, et les échafauds furent dressés. Tourmenté par une passion violente pour la femme d'autrui, on la séduisit sans s'inquiéter du trouble que l'on portait dans son ménage; et loin d'en ressentir des remords, on alla même jusqu'à vanter sa bonne fortune.

On aurait dû penser que dès-lors le déguisement n'était plus nécessaire, puisque le vice se montrait au grand jour. Il n'en fut cependant pas ainsi; et l'habitude, plus forte que la nécessité, maintint cette coutume envers et contre tout.

On vit, et l'on voit encore à l'Opéra, des dominos enveloppant des femmes soi-disant honnêtes, et qui, afin d'exciter plus de désirs en faisant croire à plus d'innocence ou de chasteté, paraissent ne céder qu'à la circonstance.

Sous ce costume, la femme de haut parage est confondue avec la grisette, et des époux *estimables* se sont intrigués, agacés et découverts, croyant courir chacun à toute autre conquête.

On me dira sûrement que toutes les femmes qui se masquent, n'ont point d'intentions coupables, et que beaucoup n'ont

d'autre but que d'innocentes intrigues : je
veux bien le croire; mais qui saura, sous
le masque, distinguer la femme honnête de
celle qui ne l'est pas? Et si cette femme
honnête intrigue avec esprit, ne peut-elle
pas faire naître une passion, courir les
dangers d'une erreur, et être poursuivie
par l'audace et la témérité? Qui sait même
si la médisance et la calomnie ne planent
pas sur sa tête, et si sa réputation qui lui
est si chère, n'en a pas déjà reçu quelque
atteinte? Tant d'autres plaisirs lui sont
offerts à Paris, comment peut-elle consentir à choisir précisément celui qui
peut lui devenir funeste? Après cela, que
l'on soit étonné si Eve a voulu manger du
fruit défendu !

Le peuple aussi conserva le goût des
mascarades; mais ce fut moins pour cacher des intrigues galantes, que pour se
livrer à toute sa gaîté naïve. La vue d'un
polichinelle, d'un paillasse, d'un pierrot,
d'un arlequin, a toujours épanoui sa rate,
et ni la crotte, ni la pluie, ni le froid n'ont

jamais rien ôté au plaisir constant qu'il en a éprouvé ; plaisir, comme on voit, plus innocent que criminel. Néanmoins, soit que la gaîté populaire se ressente encore de la révolution, soit que la réflexion lui ait enfin fait voir la monotonie et la frivolité de ce genre singulier d'amusement, on observe que les masques qui courent les rues diminuent visiblement chaque année en province comme à Paris.

Les Bacchanales et les Orgies seraient-elles à leur déclin, et le peuple, en dépit des préceptes philosophiques, voudrait-il devenir plus sage ? Cela se pourrait : on se lasse de tout à la longue, même de la philosophie ; et lorsque la réflexion vient au secours de notre raison, elle opère en un instant plus d'effet sur notre esprit, que les plus constantes exhortations n'en produisent en des siècles. Mais quelle que soit la cause de la décadence de nos burlesques et sales mascarades, on ne pourra certes pas taxer d'inconstance le peuple qui, depuis si long-temps, a pu s'en amuser.

PROMENADES

DE LONGCHAMP.

Une autre coutume paraît également tendre à son déclin; coutume bien moins ancienne que l'autre, et qui eut une toute autre origine : Je veux parler des promenades de Longchamp. La piété les avait fait naître. Il y avait dans le bois de Boulogne un couvent de religieuses, où l'office de la semaine sainte se célébrait avec pompe et dignité ; des voix délicieuses s'y faisaient entendre. On y courut d'abord pour les écouter, et bientôt la vanité se joignant à la piété, Longchamp attira tout ce que Paris avait de brillant et de magnifique.

La hache révolutionnaire n'épargna pas plus Longchamp que les autres couvens : dès-lors il n'y eut plus d'offices des ténèbres ; mais, telle est la force de l'habitude, que si la piété n'attirait plus la foule, la foule y retourna uniquement pour voir et être vue; et les jours autrefois consacrés à la prière ne furent plus employés qu'à promener dans des chars brillans le luxe et l'oisiveté.

Cependant, soit que les fortunes anciennes soient trop peu nombreuses maintenant, et que les fortunes nouvelles craignent trop la dépense, soit qu'une action sans but finit par ennuyer et déplaire, depuis bien des années déjà, les promenades de Longchamp, ou plutôt des Champs-Élisées, ont perdu une grande partie de leur magnificence ; et si l'on voit encore quelques brillans équipages, ils sont mêlés avec tant de vieilles voitures et

d'horribles fiacres, qu'on souffre presque
en les voyant en si mauvaise compagnie.

Une autre cause aussi pourrait bien
produire la décadence progressive que
l'on remarque en ces promenades purement mondaines : c'est le retour à la religion. Beaucoup de familles riches, et qui
conservaient de la piété, auront senti sans
doute que lorsque les chrétiens étaient, en
ce temps de pénitence, prosternés aux pieds
de la croix d'un Dieu mort pour eux, elles
deviendraient un objet de scandale non-
seulement en ne les imitant p as , mais encore en employant des heures consacrées
à la prière et à la pénitence, à faire parade
de leur luxe et de leur ostentation.

S'il en était ainsi, il se pourrait qu'un
jour ces promenades, qui durent leur naissance à la piété et qui depuis ne se sou-
tinrent que par la vanité, perdissent leur
existence par suite du retour à la religion ; c'est-à-dire, que ce qui les a fait
naître produirait précisément leur destruction.

Tant il est vrai qu'une même cause morale produit souvent des effets contraires sur les actions des hommes.

DIVERSITÉ DES OPINIONS

EN FRANCE.

Un des funestes résultats de nos dissensions politiques est d'avoir laissé dans les esprits des impressions diverses suivant les partis que l'on avait embrassés, l'éducation que l'on avait reçue, ou le sentiment particulier de chacun. De là vient cette diversité d'opinions que l'on remarque dans la société, et qui désunit

14

ses membres et trouble même le bonheur des familles.

Les royalistes se divisent, savoir : en royalistes appelés *ultras*, et en ceux qui se nomment *modérés*. Les premiers se composent de ceux qui, fermes comme un roc battu par les flots de la mer, ont toujours su résister à la crainte de la mort même, comme à l'appât des récompenses. Leurs ennemis leur donnent le titre dérisoire d'*ultras*, dans l'espoir de les rendre suspects au pouvoir et à la France, et de leur ôter tout crédit en les accusant de haïr la Charte constitutionnelle, et de vouloir rétablir en France l'ancien gouvernement monarchique. On est à même de voir dans la Chambre actuelle si ces prétendus ennemis de la Charte méritent une telle accusation.

Les seconds se composent de gens bien intentionnés, qui ont des principes et de la religion, mais qui, timides et sans caractère, n'osent point avouer leurs sentimens : ce sont des êtres amphibies qui d'une part veulent être honnêtes gens, mais qui de l'autre, par respect humain et de peur d'être accusés de préjugés, se laissent souvent entraîner dans les erreurs du parti libéral, et le titre de *timides* leur conviendrait beaucoup mieux que celui de *modérés*.

Je ne parlerai pas ici des ministériels; car ils n'ont aucune opinion à eux, ou s'ils en ont, ils la sacrifient à leur ambition.

Les opinions du parti opposé sont composées du reste des factions détruites, qui, par amour - propre, orgueil, ou fausse honte, persistent dans leurs anciens principes. On les divise en républicains, buonapartistes et libéraux. Les premiers sont les restes de ces démagogues, auteurs de tous nos maux, que l'on appelait jadis *jacobins*, et qui, après avoir renversé le trône et l'autel et fait couler des flots de sang, furent renversés à leur tour par l'homme du destin, qui, en passant, les enchaîna, et les traîna à la suite de son char triomphal.

Les buonapartistes, aujourd'hui peu
nombreux, sont ceux qui, après avoir contribué à la fortune de l'homme extraordinaire qui leur avait accordé des honneurs, des places et des richesses, regrettent leurs honneurs, leurs richesses ou
leurs places, et pensent que leur gloire est
ternie, parce que leur héros fut vaincu ;
sans songer qu'il n'a dû sa renommée qu'à
la valeur des Français, et qu'en abdi-
quant il les a déliés de leurs sermens à
son égard.

Peut-être me répondront-ils que quoique leur ancien chef ait annulé lui-
même leurs sermens, ce n'était point
une raison pour eux de manquer à la reconnaissance. Non certes ; et ceux d'entr'eux qui ne sont mus que par de tels motifs, découvrent un cœur noble et généreux.

Mais ces sentimens si louables ne devraient pas pour cela les rendre injustes
envers nos princes légitimes. Des cœurs
accessibles à la reconnaissance, devraient
être exempts de haines injustes. D'ail-

leurs, ne savent-ils pas que si leur bien-
faiteur savait estimer les hommes restés
fidèles aux Bourbons, les Bourbons de
leur côté ont toujours admiré et récom-
pensé depuis la valeur des soldats d'Aus-
terlitz et d'Iéna, quoique leurs victoires
les eussent éloignés plus encore de leur
trône et de leur patrie.

Les buonapartistes donc, s'il en existe
encore qui soient ennemis des Bourbons,
ne sauraient manquer tôt ou tard de s'attacher à leur sort ; d'autant plus que, dévoués jadis à la dynastie nouvelle dont ils
étaient le plus ferme appui, ils détestaient
et détestent encore les jacobins et les libéraux forcenés, ennemis de toute dynastie.
Ils sont donc appelés de droit à se placer
parmi les royalistes qui recevront toujours
avec joie des hommes estimables qu'ils
voient avec regret leurs ennemis.

Quant à ceux qui se donnent le beau
titre de *libéraux*, on doit les diviser en
deux espèces bien distinctes, savoir : en
ultras libéraux et en *libéraux* simples.

Quelqu'un a dit, pour définir les premiers :
« *Les jacobins ont fait la révolution, et les
libéraux sont prêts à la faire.* »

En effet, malgré leur enveloppe et leur
hypocrisie, on sait les reconnaître en tout
pays par leurs discours, leurs écrits, leurs
actions et leur haine contre le trône et
l'autel.

Les libéraux, proprement dits, sont
ceux qui rêvent un gouvernement idéal.
Ils voient les hommes comme ils les voudraient et non tels qu'ils sont. Héritiers
des philosophes du dernier siècle, ils en-
tassent systèmes sur systèmes, sophismes
sur sophismes, erreurs sur erreurs. Il en
est dont les idées toutes matérielles ne se
portent uniquement que vers les spéculations, l'industrie, le commerce et les
arts. La partie morale n'est rien pour eux,
et la religion n'est qu'un vain mot, une
ruine que l'on respecte, mais que l'on ne
doit pas réédifier. Selon quelques-uns
même, elle est un obstacle aux progrès des
lumières en ce qu'elle condamne les pas-

sions, et que, sans les passions, l'homme retenu dans une foule de devoirs qu'ils appellent *scrupules* ou *préjugés*, ne peut faire de grandes choses. C'est, comme on le voit, considérer pour rien les vertus morales qui forment les vertus sociales ; c'est avouer que l'homme ne doit s'occuper que de son bien-être en cette vie, qu'il ne doit pas même songer à son âme, ni à ce qu'elle deviendra. Enfin, c'est le matérialisme mis en action dans toute son étendue. Aussi il en résulte une fermentation continuelle dans les esprits. Chacun maintenant veut prospérer, s'élever, s'enrichir ou tomber ; c'est le seul but où ces hommes aspirent.

Mais que deviendront les mœurs, la probité et les autres vertus sociales? — Qu'importe, cela vaut-il les richesses ou la renommée? Vaut-il mieux être honnête homme et mourir de faim, que d'être un fripon et vivre dans l'opulence? Ne sait-on pas que riche on vous considère, tandis que pauvre on vous méprise? — Fort bien,

mais on ne vit pas toujours, et demain
peut-être la mort.... — Eh bien ! une fois
mort, on n'a plus besoin de rien...— Et
l'âme? — A-t-on le temps d'y songer?...
Tels sont les principes des libéraux.

OPINIONS RELIGIEUSES.

JAMAIS on n'a tant parlé de la religion que depuis que pour tant de gens elle n'est plus qu'un vain mot. Jamais on n'a tant écrit pour et contre. Chacun a sa bannière. Les uns sont jésuites, les autres sont jansénistes, ceux-ci ultramontains, ceux-là gallicans : on écrit, on répond, on attaque, on repousse ; enfin la presse gémit sans cesse sous le poids des écrits opposés. Les libéraux mêmes, qui la plupart se soucient fort peu de religion, en parlent plus que d'autres ; et tandis que leurs écrits provoquent à assommer les missionnaires et les curés (*), leur feinte sensibilité leur fait répandre des larmes en faveur des Grecs (**). Ils se croisent même pour leur défense, et enrôlent sous leurs bannières de sincères et véritables chrétiens dont les intentions pures sont de délivrer le christianisme de la tyrannie des infidèles, tandis que les premiers n'ont d'autre intention que de porter tous les peuples de la terre à la révolte, et de remplacer les monarchies par des républiques, but unique de leurs pensées et de leurs actions.

L'hypocrisie, dit - on, *est un hommage que le vice rend à la vertu*. » Je crois au contraire qu'elle n'a jamais eu d'autre dessein que celui de lui tendre des piéges

(*) Rouen, Clichy, etc.

(**) On aurait tort de croire que je sois ennemi des Grecs ; ils sont malheureux, cela suffit pour que je les plaigne. Je n'attaque que ceux qui, en agissant au nom de l'humanité, ont un but politique qu'ils n'osent avouer.

et de l'entraîner dans ses erreurs en lui
montrant un but honorable qui n'est jamais celui auquel l'hypocrisie veut att
teindre.

Quoi qu'il en soit, les opinions religieuses sont aussi nuisibles à la religion
que les opinions politiques le sont à l'Etat ;
car elles divisent les chrétiens et troublent
jusqu'aux familles ; aussi les perturba-
teurs le savent et en profitent pour souffler la discorde et exciter les tempêtes.
Les jésuites, disent-ils, sont des régicides
(*), ils sont de plus dévoués à la cour de
Rome, et par conséquent ennemis des libertés de l'Eglise gallicane. Les jansénistes,
en revanche, sont des républicains, ennemis des papes et des rois. Les missionnaires sont des brouillons attachés aux
jésuites ou jésuites eux - mêmes, et les

(*) Rien n'est moins prouvé que cette assertion,
et ce qui démontre au contraire qu'elle est menson-
gère, c'est que tandis que la haine détruisait partout
les jésuites, Frédéric II, roi de Prusse, les protégeait
et que tous les rois maintenant les rappellent.

frères des écoles chrétiennes sont des ignorans qui dirigent leurs élèves à coups de
verge, comme on mène les ânes à coups
de bâton.

Voltaire et ses adeptes, afin d'anéantir
la religion, ont attaqué successivement les
jésuites et puis les jansénistes. Les projets
de leurs successeurs sont comme on voit
toujours les mêmes, et malheureusement
maintenant, comme alors, ils trouvent
parmi les honnêtes gens des sots qui les
admirent et des dupes qui les approuvent.

Quand donc l'expérience saura-t-elle
nous rendre sages? Quand donc ne serons-
nous plus les auxiliaires de nos ennemis,
pour détruire ce que nous cherchons tant
à conserver, la religion?

Et, en effet, n'est-elle pas une et indivisible? Tolère-t-elle des opinions ou des
sectes qui tendent à la troubler? Elle les
combat toutes au contraire comme filles
de l'orgueil, et préfère l'humble publicain au glorieux pharisien, qui se croit
plus parfait.

Le véritable chrétien est celui qui',
humble de cœur, s'efforce de remplir tous
ses devoirs; qui est soumis aux lois im-
muables de l'Eglise comme à celles de l'E-
tat; qui veut la paix, et la maintient de
tout son pouvoir; qui aime la vertu, soulage ses semblables, rend le bien pour le
mal, et combat continuellement ses passions. Sévère pour lui-même, et indulgent
pour les autres, il ne juge ni ne condamne
personne, il souffre avec patience et résignation ses peines et ses infortunes; il bénit
même Dieu de mettre ainsi son courage à
l'épreuve, et ne considère la mort que
comme le passage qui mène à la vie éternelle. Il aime mieux vivre dans la pauvreté
que d'acquérir des richesses par des voies
honteuses et criminelles. Il prie pour ses
ennemis et pour les ennemis de la religion, afin que Dieu les éclaire et les touche. Enfin le véritable chrétien se borne
à croire en la religion catholique, aposto-
lique et romaine, et à suivre en tout point
sa sublime doctrine. Il cherche à faire le

bien, évite le mal autant qu'il peut, et laisse à Dieu le soin de le juger ainsi que son prochain.

Ah! si chacun agissait ainsi, on n'entendrait bientôt plus parler de jansénistes, de molinistes, de jacobins, de libéraux : tout le monde alors aimerait franchement Dieu, adorerait Dieu, obéirait à Dieu. Chacun enfin serait bon chrétien, sujet fidèle et honnête homme.

MAISON ROYALE

DE FRANCE.

ele|e|e|e|e

On a souvent flatté les princes, souvent on leur a accordé des vertus qu'ils ne possédaient pas ; mais assurément celui qui aura le talent d'entreprendre l'histoire de nos princes actuels, ne pourra être taxé de fausseté, lorsqu'il assurera aux générations futures avoir vu en eux toutes les vertus réunies.

On dit que l'infortune éprouve les hommes, et que c'est alors seulement qu'on peut bien connaître ce qu'ils sont. Assurément personne n'a éprouvé plus de vicissitudes que nos princes, et personne

n'est sorti de cette épreuve plus triom-
phant et plus pur.

Notre révolution renverse leur trône antique, et frappe leurs plus illustres têtes :
le reste de la famille exilée, errante de
contrées en contrées, se soumet avec la
plus grande résignation, aux volontés du
Dieu qui la frappe, et devient par cela
même l'objet de l'admiration de tous les
peuples touchés de ses infortunes ! Pas
une plainte, pas un murmure ne sort de
la bouche de ces princes malheureux ;
toute leur sollicitude se porte sur les
Français dévoués qui partagent leur sort ;
et s'ils semblent affligés, ce n'est qu'à
cause du sang qui coule à grands flots
dans la France opprimée par le crime !

Après trente ans de persécutions ils
peuvent enfin rentrer dans leur chère
France, objet constant de leur amour et
de leurs regrets. Le peuple, ivre du bonheur de contempler leur image après une
si longue absence, les ramène avec transport au palais où, depuis si long-temps,
les Bourbons le gouvernaient en paix. Là,

loin d'être éblouis par ce bonheur inat-
tendu, nos princes n'en devienennt que
plus modestes ; et, rapportant tout à la
Divinité, c'est au pied de ses autels qu'ils
vont d'abord lui adresser leurs actions de
grâce, et l'invoquer en faveur même de
leurs ennemis auxquels ils pardonnent.

Vint bientôt après la fatale époque des
cent jours : et si un bonheur inespéré
n'enfla point leur orgueil, cette nouvelle
infortune n'abattit point leur courage.
Aucune plainte ne sort de leur bouche ;
et ils reprennent le chemin de l'exil, en
consolant et encourageant eux-mêmes les
serviteurs fidèles qui les accompagnent,
et que les malheurs de leurs princes accablent.

Rappellerai-je la valeur qu'à cette époque montra le duc d'Angoulême en Languedoc? Il suffit, ce me semble, de dire
que le sang des Bourbons coulait dans ses
veines ; et la campagne d'Espagne a prouvé
suffisamment, quelques années plus tard,
ce qu'il était capable de faire. Mais ce

que l'on ne peut se lasser de répéter, c'est
la réponse hardie et connue qu'il fit trans-
mettre à l'usurpateur, lorsque celui-ci le
sachant son prisonnier lui fit offrir sa liberté, à condition que Louis XVIII renon-
çât à la couronne de France en sa faveur.
« Jamais, lui fit dire le prince, mon
» oncle ni moi ne consentirons à une lâ-
» cheté. Vous êtes maître de ma personne,
» vous pouvez disposer de ma vie. »

Puis-je aussi ne pas dire ici un mot sur
la conduite sublime que tint, à Bordeaux,
la fille de Louis XVI, à cette même époque?
non pour la faire connaître; car, qui ne l'a
pas présente sans cesse à la mémoire, qui
ne connaît par cœur la vie, les malheurs,
l'héroïsme et toutes les vertus de cette illustre et chère princesse, qui réunit à la
sensibilité de son sexe toute l'énergie du
nôtre? Je n'ai donc d'autre but que de ne
pas la séparer de son auguste époux; et
dès-lors ma main trop faible laisse tomber une plume dont Châteaubriand seul
peut faire un digne usage.

Enfin la juste cause des Bourbons triomphe, et le trône de saint Louis est à jamais raffermi. Mais, si nos princes ne furent pas accablés par tant d'infortunes, un
bonheur si chèrement acquis ne put égarer leur raison. Nulle vengeance n'est
exercée contre les auteurs de leurs maux.
Ils consolent même ceux qu'a touchés le
repentir, et ils tendent les bras à ceux
qui sont encore leurs ennemis.

Hélas ! bientôt ils eurent encore à éprouver les coups d'un destin toujours cruel
pour eux. A peine avaient-ils goûté quelque repos, que le crime, qui toujours
veille, vint frapper au milieu d'eux une
nouvelle victime ! Ah ! c'est en ce moment affreux que l'on fut surtout à même
d'admirer jusqu'où peut aller le courage
soutenu par la religion !

Une jeune princesse avait depuis deux
ans uni sa destinée à celle du malheureux
duc de Berry. Jamais hymen n'avait offert
un couple mieux assorti : on l'eût voulu

éternel; mais, hélas ! le poignard d'un assassin vint frapper l'époux dans les bras de son épouse !

Chacun tremblait pour les jours d'une princesse sensible et délicate, qui se voyait ainsi privée de tout bonheur et de toute espérance. Mais on ne connaissait point encore cette fille d'un Bourbon; et un seul mot de son époux expirant sut arrêter ses pleurs et doubler son courage. « Chère moitié de moi-même, lui dit ce prince infortuné, vis et conserve-toi pour le gage de notre amour que tu portes en ton sein ! »

« Oui, répondit-elle, je vivrai pour te pleurer sans cesse, et pour te voir renaître en ton fils; car c'est un fils que Dieu nous réserve, et un fils qui sera digne de son père. Lui seul, oh ! je le sens, pourra me faire supporter notre cruelle séparation. » (*)

(*) On connaît en effet le songe qu'eut la princesse pendant sa grossesse. Saint Louis lui apparut couronnant son jeune fils; et en vain des monstres

Pendant que cette scène se passait, les autres membres de cette trop malheureuse famille se rassemblaient autour de la victime, non pour faire entendre leurs gémissemens, non pour se plaindre de la Providence, mais pour invoquer le ciel, et

lancèrent-ils d'énormes pétards auprès des Tuileries, dans l'espoir de l'effrayer et de lui faire faire une fausse couche, elle disait avec calme : « Ils ont beau faire, ils ne parviendront pas à leur fin, et j'accoucherai d'un fils. »

Ce fils en effet vint au monde; et alors n'écoutant ni sa pudeur, ni sa timidité, elle ordonna qu'on fît entrer une foule d'officiers de tout grade, et de personnes de toute opinion, pour leur prouver qu'il n'y avait aucun subterfuge, et que c'était réellement un fils dont elle était mère.

Quel courage ! quel héroïsme ! Il s'agissait de prévenir tout doute, de faire taire la calomnie et triompher la vérité; dès-lors elle oublie son sexe, son état, sa santé, et ne consulte que son devoir. En vain lui expose-t-on que sa vie même pourrait être en danger : Puis-je craindre pour celle de mon fils, demande la princesse? On lui répond que non. En ce cas, faites entrer. Telle fut la réponse sublime de la duchesse de Berry.

lui demander pour le prince expirant une félicité éternelle.

Et toi, père infortuné, ô CHARLES *le bien-aimé*, jamais peut-être ta belle âme ne se découvrit mieux qu'en cette fatale circonstance ! Ah ! qui pourrait oublier que, dans l'instant où ta tendresse paternelle était mise à une si terrible épreuve, où tout autre idée que celle de ton malheur devait être anéantie, tout autre sentiment engourdi, tu pensais encore cependant à tes fidèles serviteurs? Qui pourrait se rappeler sans attendrissement, que, lorsque tu t'arrachais des bras de ton fils expirant, et que tu rentrais aux Tuileries, te souvenant que le comte de Puységur, ton capitaine des gardes, était dangereusement malade, tu dis à ceux qui t'entouraient : « Cachons à ce pauvre Puységur » cet événement affreux; car, s'il l'apprenait, il en mourrait de douleur. »

Non je n'ai pas trouvé dans l'histoire un trait qui ressemble à celui-ci. Rien d'étudié dans cette phrase; rien d'affecté,

rien d'emphatique. Tu n'avais écouté que
ton cœur ; tu ne l'épanchais que dans
le sein de quelques amis en pleurs ; tu ne
pensais pas que ces paroles pussent être
recueillies pour servir à ton plus digne
éloge. L'esprit peut éblouir quelquefois ;
mais les expressions du cœur peuvent
seules toucher les âmes sensibles. Et
quelle âme doit avoir le prince qui n'oublie pas ses serviteurs mêmes au moment
où le poignard lui enlève un fils si digne
de sa tendresse.

Les peuples étrangers ont chéri et vé-
néré autant que nous notre famille royale.
On se rappellera toujours les transports
des Anglais, lorsque les Bourbons quit-
tèrent l'Angleterre pour revenir en France.
Partout on ne voyait que drapeaux blancs,
chacun portait la cocarde blanche, et le
peuple anglais semblait être en ce moment l'avant-garde du peuple français. Quel
plus bel hommage d'amour et de vénération pouvait-on rendre à nos princes?

Aussi Louis XVIII pouvait s'appliquer ces vers de Corneille :

Un véritable roi, qu'opprime un sort contraire,
Tout opprimé qu'il est, garde son caractère ;
Ce nom lui reste entier, sous les plus dures lois :
Il est, dans les fers même, égal aux plus grands rois.

Quel Français pourrait ne pas ressentir pour cette maison plus illustre encore par ses malheurs et ses vertus, que par sa grandeur même, cette admiration qu'elle a su inspirer à toute l'Europe?

Quant à moi, chaque fois que je vis cette famille prosternée aux pieds des autels, et invoquer la Divinité en faveur de la France, elle me semblait dire par son recueillement : « *Oui, tout est néant sur la* » *terre, Dieu seul est grand et puissant :* » *adorons donc le Roi des rois.* »

Et nous, Français, comment ne dirions-nous pas sans cesse à notre tour : Grand Dieu, conserve à jamais à la France la noble dynastie qui la gouverne ; qu'elle puisse faire le bonheur de nos neveux

comme elle fait le nôtre ! Image de ta providence, elle soulage en ton nom la misère, console l'affligé, secourt l'infortune,
et n'attend que de connaître une injustice
pour la réparer, un service rendu pour
le récompenser, une bonne action commise pour la louer, un coupable repen-
tant pour lui pardonner. Elle semble
n'exister que pour nous, et ne se trouve
heureuse qu'en nous sachant heureux; et
tandis que tant de petits ambitieux s'agi-
tent, se travaillent, s'enflent, se croient
dans leur orgueil bien au-dessus des autres, et semblent mépriser et braver ta
propre puissance, les Bourbons, grands
par eux-mêmes, s'humilient devant toi,
adorent tes décrets, et bénissent ton nom
dans les revers comme dans la prospérité !

SOCIÉTÉS SECRÈTES.

CE qui semble ne point assez occuper
les gouvernemens de l'Europe, et qui cependant devrait fixer toute leur attention,
ce sont les sociétés secrètes si nombreuses,
si répandues, et si dangereuses en ce que
leurs ramifications, sous divers noms,
embrassent le monde presque entier, et
minent sourdement toutes les monarchies. Ces sectes occultes ont toutes une
même origine, les mêmes principes et le
même but; savoir, la destruction de la
religion, le renversement des monarchies,
et l'établissement des républiques. Toutes
ont une même source, la *Franc-maçonnerie*, d'où sont sortis tous nos malheurs,
et que néanmoins par un aveuglement

que je ne puis expliquer, on laisse encore subsister.

En effet, comment pourrait-on ne pas redouter des sociétés où tout est mystique ; où l'on n'est admis qu'après des épreuves terribles et multipliées ; où l'on reçoit les adeptes au milieu d'épées nues et de poignards ; où on leur fait commettre des meurtres simulés, et dont ils ne peuvent rien révéler sans courir le risque de perdre la vie ?

Se figurerait-on que ces sociétés sont innocentes, et que l'on se borne à y rire et à y manger ? Qu'on lise le *Jacobinisme dévoilé* de l'abbé Barruel (*), et l'excellent réquisitoire de M. de Marchangy (**), et l'on frémira en voyant que notre affreuse révolution a été ourdie et exécutée

(*) Tom. 2, pag. 185, et suivantes.

(**) Prononcé dans le mois d'août 1822, à la Cour royale de Paris, lors du jugement des conspirateurs de La Rochelle.

par la *Franc-maçonnerie ;* que maintenant encore cette secte, sous divers noms, et entre autres, sous ceux de carbonaris, de radicaux, de descamisados, continue à saper sourdement les monarchies. Ne voit-on pas de toutes parts se manifester cette même haine contre la religion et la royauté, but principal de l'illuminisme maçonique? Partout ne voit-on pas des conspirations ou des révolutions? Le poignard de Louvel ne fait-il pas chaque jour encore couler nos larmes? Peu auparavant, Kotsbue, le défenseur des trônes, n'a-t-il pas expiré sous les coups d'un jeune fanatique illuminé? Ne voulut-on pas, il y a quelques années, assassiner l'empereur d'Autriche en Italie, et le duc de Wellington à Paris? En 1822, les conspirateurs de La Rochelle ne furent-ils pas trouvés munis de poignards (*)? N'a-t-on pas vu nos carbonaris maçoniques français annon-

(*) Voyez le jugement des conspirateurs de La Rochelle, par la Cour royale de Paris et de Poitiers, en août 1822.

cer, avant l'événement, les révolutions d'Amérique, d'Italie, d'Espagne et de la Grèce? A la mort de l'empereur Alexandre de Russie, en 1826, une vaste conspiration ne s'était-elle pas formée pour massacrer toute la famille impériale, et pour former une ou plusieurs républiques dans ce vaste empire? Or, je le demande, tous ces hommes avides de bouleversemens, pourraient-ils s'entendre ainsi sur tous les points du globe, si une même secte, un même langage, de mêmes intérêts ne les liaient les uns aux autres? Seraient-ils aussi nombreux et aussi répandus, s'ils ne faisaient sans cesse d'immenses recrues? Aussi, pour y parvenir, comme ils flattent la jeunesse! ils savent que, curieuse par nature et sans expérience, elle se laisse facilement séduire et entraîner dans ces sociétés dangereuses par le charme du mystère : et là, une fois admise, et ne pouvant plus reculer, on la force par degré et par des sermens de plus en plus terribles, à abjurer la religion, à haïr les sou-

verains, et à tenter de détruire les monarchies, les autels et les lois.

Et que peuvent dès-lors les exhortations
et la crainte des supplices sur des gens
égarés, fanatisés, et de plus, menacés du
poignard de leurs *frères et amis*, en cas
de faiblesse, d'aveux ou de trahison de
leur part?

Quelle secte dangereuse cependant que
celle où règne un tel fanatisme et un tel
pouvoir ! Qu'elle est redoutable celle où
un secret révélé ou un refus d'obéissance
est puni de mort, et où chaque jour de
nouveaux adeptes viennent s'enrôler et
apporter leur or et leurs personnes.

Néanmoins, par un assoupissement que
l'on ne peut expliquer, les gouvernemens
semblent peu la redouter. On répète bien
qu'il existe une vaste conspiration contre
les trônes, une mine souterraine prête à
engloutir l'Europe, dont quelques étin-
celles apparaissent chaque jour; mais le
foyer ne se découvre pas; et si l'on arrête
quelques coupables, ce ne sont que quel-

ques enfans perdus, tandis que les chefs
et les vrais moteurs restent cachés dans
l'ombre.

Supposons néanmoins un instant que
mes craintes soient exagérées, absurdes
même, que ces sociétés soient innocentes, en tout ou en partie, de ce dont
je les accuse ; mais alors pourquoi ces
cérémonies mystérieuses? pourquoi ces
épreuves terribles, ces épées, ces poignards, ces sermens épouvantables? pourquoi ces assemblées nocturnes et occultes? pourquoi ne se tiennent-elles pas
plutôt en plein jour, et au regard du soleil? pourquoi des secrets, des menaces
et des châtimens terribles contre les indis-
crets et les révélateurs?

Celui qui ne craint rien n'a pas besoin
de se cacher; celui qui ne fait pas de mal
n'a aucune raison pour fuir le grand jour,
et agir dans les ténèbres : on n'a besoin
ni de pactes, ni de mystères pour faire le
bien et secourir son frère ou son prochain. La bienfaisante hospitalière, le

charitable moine du mont Saint-Bernard,
le riche compatissant, ne craignent pas la
lumière, lorsqu'ils vont soulager l'indigence ou l'humanité souffrante. D'ailleurs, aux yeux de la religion, tous les
hommes ont un droit égal à la bienfaisance. Elle ne prescrit nullement que,
pour être secouru, il faille faire partie
d'une secte qui se cache, et que hors de
cette secte il n'est pas de secours à espérer.
Au contraire, plus le bien se fait ouverte-
ment, plus il inspire de bons exemples,
plus il doit trouver d'imitateurs, et plus
il se fait avec succès. Il n'y a donc réellement que ceux qui ont une arrière-pen-
sée et des intentions perfides, qui agissent
dans l'ombre; et s'ils font quelque bien
en apparence, c'est plutôt pour séduire
et faire des dupes, que pour soulager
réellement l'humanité : la preuve en est
que leurs adeptes une fois liés par leurs
sermens, se trouvent entraînés au-delà
de leurs désirs, au-delà même de leurs
propres pensées.

On remarquera èn outre que la plupart de ceux qu'on a arrêtés jusqu'ici comme conspirateurs ou assassins, étaient des misérables, sans fortune, sans crédit, et sans considération dans le monde. Cependant tous étaient fournis d'or qu'ils avaient reçu, sans qu'ils sussent de quelle source il venait, ni quelle main le leur avait donné. Ils ne connaissaient même pas leurs chefs, moins encore les degrés ni les divisions de pouvoir de la secte dont ils faisaient partie, et qu'a si bien décrite M. de Marchangy. (*) Qui pourrait en répandre autant et depuis si long-temps, si ce n'est une société immense, riche et invisible, une secte puissante et redoutable, qui pousse en avant quelques êtres entreprenans et intrépides qu'elle encourage par l'appât de l'or et des récompenses ? Voilà les hommes que de telles sociétés secourent, et pour quel but, hélas ! pour aller, une torche d'une main, et un poi-

(*) Dans son réquisitoire, du mois d'août 1822.

16

gnard de l'autre, renverser et incendier tout ce qui est, pour reconstruire après ce qu'on pourra.

Rois de l'Europe, ouvrez enfin les yeux, réunissez vos pouvoirs pour défendre vos trônes et vos sujets; détruisez ces sectes qui cherchent à tout détruire, et fermez à jamais ces repaires de conspirateurs. Il en est encore temps peut-être; mais ne différez pas : car quelques années de plus, et il sera trop tard.

SORT D'UN MINISTRE

EN FRANCE,

AU DIX-NEUVIÈME SIÈCLE.

S'IL fut un temps, en France, où l'on pouvait, à juste titre, ambitionner un ministère, ce n'est certes pas depuis la création du *système constitutionnel* : car on ne ménage guère celui qui possède un portefeuille. Que d'accusations, que de reproches pleuvent sur sa tête ! Les uns le taxent d'inertie, les autres d'incapacité : tantôt on s'écrie que c'est un ambitieux qui veut tout subjuguer, tout corrompre ; tantôt que c'est un fourbe qui ne cherche qu'à séduire et tromper. Non-seulement on attaque sa conduite, mais

encore ses intentions. S'il ne propose pas
de lois, on lui demande ce qu'il fait au
ministère ; s'il en soumet plus qu'on ne
veut, ou qui déplaisent à un parti, ce
parti l'accuse alors de vouloir asservir la
France, d'attenter aux libertés consacrées
par la charte, et de vouloir ramener l'es-
clavage, la barbarie et l'inquisition. Les
uns le haïssent, parce qu'ils sont d'une
opinion contraire ; les autres, parce qu'ils
voudraient occuper sa place ; et bien peu
le jugent sans partialité, parce qu'il y a
très-peu de gens assez désintéressés pour
étudier froidement ses principes, et juger
sainement ses actes. Ceux qui en ont été
favorisés le jugent en bien ; ceux qui en
ont été rebutés le jugent en mal, et les
indifférens le jugent en aveugles, soit par
entraînement, soit par imitation.

— Mais vous, M. l'Observateur, qui
croyez, par un amour-propre déplacé,
mettre plus d'impartialité dans vos jugemens, ne seriez-vous pas ministériel, c'est-
à-dire, un de ces hommes adroits qui

flattent les ministres par reconnaissance, ou qui les encensent par ambition?

— Votre apostrophe, Monsieur, me paraît plus qu'indiscrète; je la trouve impolie, et même injurieuse. Sachez qu'on ne me verra jamais flatter le pouvoir, par cela seul qu'il peut me faire du bien ; comme on ne m'entendra jamais l'attaquer à tort et à travers, par cela seul qu'il ne m'en aura pas fait. Assurément il serait du devoir de tout honnête homme de démasquer un ministre qui emploierait sa puissance à trahir son roi ou sa patrie ; mais attaquer, humilier, noircir, blesser un ministre, par la seule raison qu'il est ministre, c'est découvrir la haine ou la jalousie qu'on lui porte, et montrer que l'on n'agit que par passion, par intérêt ou par prévention.

Injurier des ministres nommés par le roi, c'est attaquer le roi lui-même; c'est le blâmer sans ménagement dans son choix. D'ailleurs, la dignité de ministre ne commande-t-elle pas les respects? La dignité de pair, comme celle de député, n'exige-t-elle pas pour elle-même une noble retenue? A quel point l'homme élevé à un poste éminent, ne semble-t-il pas déroger, quand, par des déclamations passionnées jusqu'à devenir injurieuses, il foule aux pieds tous les égards dus au pouvoir, et oublie tout ce qu'il se doit à lui-même? Combien les chambres législatives gagneraient dans l'opinion des peuples, si leurs graves discussions se soutenaient toujours avec calme et modération, et si la dignité y remplaçait ces *rires*, ces *murmures*, ces *bruits*, ces *agitations*, ces *mouvemens* qui interrompent tour-à-tour les orateurs de diverses opinions, et qui contrastent si défavorablement avec les hauts intérêts confiés à leur sagesse, et avec le caractère imposant qu'offre la réunion des représentans d'une grande nation.

Le ministre le plus probe, le plus capable même peut se tromper; en ce cas l'éclairer est le devoir de tout homme en position de le faire. Mais l'injurier, ce n'est plus l'éclairer. On n'arrache pas les yeux à un homme, parce qu'il les tient fermés ; on doit au contraire l'engager à les ouvrir.

Si celui qui flatte le pouvoir, montre ses vues intéressées, celui qui l'attaque injustement ne fait souvent que voiler les siennes ; et tous deux prennent un chemin opposé pour parvenir au même but ; c'est-à-dire que le premier, par ses basses complaisances et ses constantes adulations, cherche à séduire le pouvoir, et que le second veut en se faisant craindre que le pouvoir l'achète. Celui-ci ressemble à une prude sévère en apparence, mais presque toujours facile à corrompre : celui-là joue le rôle d'une coquette adroite qui cherche à faire des dupes. Eh ! combien de fois n'a-t-on pas vu, en Angleterre, les *Whigs* les plus acharnés devenir, à prix d'argent, les plus ardens *Toryes?*

L'honnête homme ne doit jamais agir avec passion ; il doit, en toute circonstance, rester froid et impartial ; et lors

même qu'il aurait à se plaindre d'une injustice, il doit conserver toute son impartialité. Sans elle, il cesserait d'être juste ;
car il est de principe moral que la probité
n'existe qu'avec le désintéressement.

— Ainsi donc, d'après votre exposé,
tout homme d'opinion contraire à celle
d'un ministre, sera supposé être mu par
l'intérêt ou par la haine? — Non : si
ses motifs sont basés sur le juste et l'honnête; si ses raisons sont évidentes, sages
et mesurées ; s'il parle avec conviction ;
s'il agit enfin dans le but du bien général : son opinion, ses discours et sa conduite n'ont rien que d'honorable. Si au
contraire l'intérêt personnel est la base
de sa conduite; si ses discours sont outrés; s'ils sont remplis de fiel et de sar-
carmes; si les subtilités y remplacent les
principes du vrai et du juste, dès-lors son
opposition est condamnable; et s'il y persiste, elle devient funeste, en ce qu'elle est
un obstacle toujours opposé au bien que
l'on veut faire.

Partout où il y a réunion délibérante sur des matières politiques, se manifeste nécessairement une opposition ; et elle est utile ; car *c'est du choc des opinions que jaillit l'étincelle de la vérité.* Mais cette opposition, pour conduire au bien, ne doit jamais être hostile : si elle a son principe dans la conscience de l'honnête homme, la justice seule la guide et la maintient, et elle se manifeste toujours avec sagesse et modération.

Une opposition ainsi établie combattrait l'erreur sans jamais attaquer l'individu ; elle serait le flambeau du ministère, et l'éclairerait dans les sentiers difficiles d'une administration immense. Ainsi, loin d'être l'ennemie du pouvoir, elle deviendrait son plus ferme soutien. Mais dès qu'une opposition est formée d'élémens contraires à l'intérêt public ; dès qu'elle ne cherche partout qu'à blâmer le pouvoir, et à le contredire dans ses vues les plus sages et les plus loyales, elle cesse d'être opposition : elle devient faction. Or toute faction est coupable en ce qu'elle tend à renverser l'autorité pour s'en emparer.

Concluons donc de tout ceci, qu'il faut chercher à éclairer le ministère, mais non l'injurier; que l'on ne doit jamais s'écarter des égards et de la saine politesse; qu'un ministre peut se tromper, sans avoir de mauvaises intentions, et qu'en ce cas, il y aurait de l'injustice à l'accuser, comme s'il était coupable.

Mais, s'il venait à abuser réellement de son pouvoir, et s'il en profitait pour nuire à l'État, c'est alors que l'indignation devrait remplacer toute considération , et que tous devraient se réunir pour démasquer et faire punir celui qui s'en serait rendu coupable.

MON OPINION.

UN ÉTAT N'EST QU'UNE GRANDE FAMILLE, ET DEVRAIT ÊTRE
GOUVERNÉ D'APRÈS LES MÊMES PRINCIPES.

Tout homme appelé au timon des affaires ne devrait jamais oublier qu'un
Etat n'est qu'une grande famille, et qu'il
doit être régi de la même manière; c'est-
à-dire, qu'il doit avoir pour base la religion, l'ordre et la justice ; que l'on doit y
protéger le faible contre le fort, la vertu
contre le vice, l'opprimé contre l'oppresseur, l'innocence contre le crime ; et
qu'enfin l'insubordination doit être répri-
mée, les coupables châtiés, les bonnes actions récompensées.

La nature, en naissant, nous inculque

ces principes : il ne nous reste ensuite qu'à les mettre en pratique. Aussi mon opinion a - t - elle toujours été, que quiconque gouverne bien une nombreuse famille, au besoin gouvernerait un Etat. La machine est plus compliquée sans doute, ses rouages sont plus multipliés ; mais les principes qui la dirigent sont les mêmes ainsi que ses résultats. Il est facile de s'en convaincre.

Que fait un père lorsqu'il gère la fortune de ses enfans ? Il cherche à accroître ses revenus et à diminuer ses dépenses ; il réforme dans sa maison tout emploi inutile ou superflu ; il n'occupe de personnes salariées que celles qui lui sont indispensables ; il veille à ce que ses subordonnés ne trahissent pas sa confiance, et ne s'enrichissent pas aux dépens de sa famille : s'il s'en trouve d'infidèles il les chasse, d'insubordonnés, il les punit. Il doit en être de même dans un état bien administré, avec la seule différence, que les détails étant immenses, l'administration plus compliquée, il faut beaucoup plus de talens, de surveillance et de fermeté de la part des gouvernans.

Si maintenant je veux comparer à une famille les différentes espèces de gouvernemens, (*) je trouve que le gouvernement monarchique proprement dit, est une famille gouvernée par un seul chef ou patriarche. (Tar telle en fut l'origine.)

Lorsque le chef craint de ne pouvoir plus gouverner d'une main assez ferme , il consent quelquefois à céder une partie de son pouvoir à ses enfans, qui alors lui députent quelques-uns de leurs membres pour les représenter et partager avec lui les travaux de l'administration. Tel est le gouvernement appelé *mixte* ou *constitutionnel* : gouvernement encore légitime puisqu'il a été accordé par le chef à sa famille ; mais qui devient illégitime , si, contre le gré de ce même chef, sa famille voulait l'y soumettre. Parce qu'un roi, comme un père , étant le chef de son

(*) Voyez plus haut l'article *Questions.*

peuple, celui-ci doit lui être soumis, et qu'il y aurait rébellion manifeste si les subordonnés voulaient lui imposer des lois.

Cependant, malheureusement il arrive parfois qu'une famille insubordonnée se révolte, et que par un parricide atroce son chef en devient la victime. Alors les députés représentans se constituent en assemblée gouvernante; et voilà le *gouvernement républicain :* gouvernement illégitime, puisqu'il s'établit sur les ruines de la puissance paternelle. Aussi, comme il est rare que les membres d'une famille privée de son chef, restent long-temps d'accord, le gouvernement qu'ils se sont donné est bientôt renversé par leurs propres mains, et il fait place à la cruelle *anarchie*, jusqu'à ce que le plus ambitieux ou le plus adroit d'entr'eux s'empare du pouvoir et subjugue sa famille.

Alors naît le *despotisme*. Conséquence nécessaire d'un pouvoir usurpé, gouvernement monstrueux, mais moins funeste pourtant que l'*anarchie*, parce qu'il tend par la force au retour de l'ordre, au rétablissement des lois, et qu'il ramène presque toujours au gouvernement légitime. Notre époque a fourni un trop cruel exemple de tout ce que j'avance. La grande famille française, depuis nombre de siècles, vivait heureuse sous la puissance paternelle de ses rois, lorsque le dernier d'entr'eux, pour n'avoir pas puni quelques enfans ingrats et rebelles, fut victime de sa trop grande bonté : bonté funeste ! qui entraîna sa ruine, et celle de sa famille entière.

CE QUI EST CAPABLE DE RENVERSER, OU AU MOINS DE TERNIR LA GLOIRE D'UN GRAND ROYAUME.

HENRI IV, ce roi si cher aux Français, parmi tant d'autres vertus, possédait celles qui constituent un grand prince. Il était juste, généreux et reconnaissant; il aimait à entendre la vérité; il savait punir comme il savait récompenser; il aimait et honorait de son estime ses fidèles et dévoués sujets ; et s'il ne fit pas pour eux tout ce qu'il eût désiré faire , jamais son noble cœur ne fut taxé par eux d'ingratitude , parce qu'ils savaient que les circonstances seules en furent la cause, et que d'ailleurs, tout étant forcé de sourire à ses anciens ennemis, il ne repoussa jamais loin de lui ceux auxquels il devait sa gloire et sa puissance.

Ce prince, qui sut si bien choisir son premier ministre, aimait Sully, parce que, avec toute la franchise d'un sujet véritablement attaché à son maître, il l'avertissait (quelquefois même avec aigreur) de ses fautes, et de tout ce qui pouvait ternir sa gloire. Aussi je ne sais lequel je dois le plus admirer, ou d'un ministre qui, dût-il déplaire, ose dire la vérité, ou d'un roi puissant, toujours entouré de flatteurs, qui consent à l'entendre. Ce que je puis conclure, c'est qu'il faut être un Henri IV pour savoir apprécier un Sully, et pour, en dépit des cabales et de la jalousie, lui conserver toute sa vie , sa confiance, et son amitié.

Ce grand roi, dont tous les vœux et les soins tendaient au bonheur de ses peuples, à la gloire et à la prospérité de la France, voulut un jour que Sully lui fît un mémoire dans lequel il lui indiquât tout ce qui pouvait ternir ou renverser un grand royaume, afin qu'il pût agir de manière à ne pas commettre de telles fautes. Voici comme Sully, dans un mémoire succinct, s'en acquitta :

« Les causes de la ruine ou de l'affai-
» blissement des monarchies, dit ce grand
» ministre, sont les subsides outrés , les
» monopoles, le négligement du com-
» merce, du trafic, du labourage, des arts
» et des métiers ; le grand nombre des
» charges, les frais de ces offices ; l'auto-
» rité excessive de ceux qui les exercent ;
» les frais, les longueurs et l'iniquité de la
» justice ; l'oisiveté, le luxe et tout ce qui
» y a rapport ; la débauche et la corrup-
» tion des mœurs ; la confusion des con=

17

» ditions ; les variations dans la mon-
» naie ; les guerres injustes ou impru-
» dentes ; le despotisme ou la faiblesse
» des souverains ; leur attachement aveugle
» à certaines personnes ; leurs préventions
» en faveur de certaines conditions , de
» certaines professions , de certains sys-
» tèmes ; la cupidité des ministres et des
» gens en faveur ; l'avilissement de la no-
» blesse ; la tolérance de méchantes cou-
» tumes ; les mauvaises lois et l'infraction
» des bonnes, etc. »

Par ce peu de mots on peut juger combien Sully connaissait les hommes et possédait l'art de gouverner. Comment ce
mémoire n'a-t-il pas toujours été gravé
dans la tête des rois ? Il est vrai que pour
le leur rappeler, il leur eût fallu toujours
des Sully ; et les ministres non plus que
les courtisans n'y auraient pas trouvé leur
compte. Aussi nous n'avons que trop été
témoins depuis des maux que Henri et
son ministre voulaient éviter à la France,
et dont le résultat fut le renversement de

la monarchie et le bouleversement de l'Etat.

Le ciel enfin eut pitié de nos maux : il fit triompher la justice. La révolution vaincue fut enchaînée aux extrémités de la terre, et les Bourbons, escortés de l'amour des Français, revinrent occuper le trône de leurs aïeux. Tout annonçait cette fois et pour toujours le triomphe de la vertu et le retour du bonheur. Un sage et loyal ministre (*) que le roi s'était choisi, avait licencié une armée brave et aguerrie, mais dont un fatal dévouement à l'usurpateur faisait craindre pour les lis un nouveau désastre. L'administration civile avait aussi en partie été confiée à des hommes fidèles et probes ; et une chambre des députés formée sans cabale de tout ce que la France comptait de plus attaché à la légitimité, donnait à l'Europe une garantie certaine, et assurait à la France le retour de la religion, de la justice et des bonnes lois. L'in-

(*) Clarke, ministre de la guerre, au retour du roi, en 1815.

nocence retrouvait des protecteurs, la vertu
des hommages, les bonnes actions des récompenses et les crimes des châtimens.
Une trop cruelle expérience semblait enfin
avoir rendu le gouvernement sage, ferme
et éclairé. La discorde en frémissant fuyait
dans l'ombre; les haines commençaient à
s'émousser; le coupable rougissait de sa
faute; l'homme fidèle tendait la main au
repentir; et tous les partis allaient bientôt
se confondre dans celui de la légitimité,
lorsque la perfidie renversa ce fidèle et
dévoué ministre. Dès-lors tout changea
encore de face.

Le vaisseau de l'état rentra de nouveau
dans les mers de la révolution. Tout ce
qui voulut détourner cette fatale direction
fut appelé ennemi du gouvernement. La
chambre même, regardée comme *introu-*
vable quelques jours auparavant, fut à son
tour calomniée, et de plus dissoute pour
avoir défendu avec courage la légitimité,
la charte et la justice. Ses membres, ainsi
que tous les royalistes, furent rendus sus-

pects par la dénomination ridicule d'*ultras*,
équivalente à celle d'*aristocrate*, d'heureuse
mémoire. Alors on ne voulut plus considérer comme royalistes que ceux qui, la
veille encore, haïssaient le roi et sa famille.
Tandis qu'un *Canuel*, un *Donadieu* et ces
hommes fidèles, qui de tout temps avaient
consacré leur vie et sacrifié leur fortune
pour une si belle cause, furent exposés
aux sarcasmes et aux insultes de tous les
partis, du gouvernement même, et, le
croirait-on ? traités de conspirateurs ! On
trouva même des gens assez bornés pour
y croire, et dès-lors on ne s'occupa plus
qu'à leur ôter le pouvoir, et à les remplacer par les partisans aveugles du despotisme et même de la république.

Ceux-ci furent appelés *libéraux*, nom
aussi absurde que celui d'*ultra*. La chambre *introuvable* de 1815 fut remplacée
par une chambre *libérale*; celle de 1817
fut plus *libérale* encore que celle de 1816,
et celle de 1818 le fut à tel point, que l'on
ne craignit pas d'y défendre la cause des

régicides, et d'exclure jusqu'au mot de religion du code de nos lois! Cependant,
malgré son libéralisme, la majorité de
ses membres repoussa, pleine d'horreur,
les assassins de Louis XVI, et, comme
la chambre de 1815, confirma leur ban-
nissement.

Que fit alors le ministère ? (*) l'action la plus inique, la plus audacieuse,
et la plus révoltante! Il eut l'impudence
et l'effronterie de rappeler au sein de la
France, ceux que la France, par ses représentans, venait de repousser avec indignation !

Là ne se bornèrent pas ses exploits, il
souffrit, conséquence de son système,
que chaque jour dans des pamphlets, des
journaux et des caricatures, on insultât
la religion et ses ministres, et que l'on ca-

_____

(*) Dans ce ministère je ne prétends pas confondre
tous les ministres de cette époque : il en est, je
le sais, qui ne furent coupables que d'avoir laissé
faire le mal, et de ne s'être pas retirés ; mais
c'est déjà une grande faute.

lomniât et ridiculisât les braves et anciens serviteurs du roi, du frère du roi martyr ! de celui enfin de qui ce ministère tenait son pouvoir !

Il fit si bien qu'il ralluma toutes les haines, remit en présence tous les partis, toléra toutes les injustices, étouffa le cri de l'innocence, ferma les yeux aux complots et aux révoltes; il allait de nouveau plonger la France dans l'abîme des révolutions, lorsqu'une seconde fois le ciel sauva la monarchie en brisant sa puissance. Il tomba; mais s'il n'eût jamais existé, nous n'aurions pas à pleurer peut-être un jeune prince, objet de notre amour, de nos espérances, et de nos regrets !......

CE QUI RESTE A FAIRE AU GOUVERNEMENT.

DEPUIS que nous possédons enfin un ministère intègre et royaliste, les Français dévoués à la monarchie (et c'est le plus

grand nombre) respirent : leurs inquié-
tudes se calment; ils commencent à pres-
sentir le retour du bonheur et de la tran-
quillité en France; leurs cœurs se ré-
jouissent de voir le gouvernement manifester des intentions pures , des vues
saines , une marche franche vers le bien,
et d'oser regarder en face le petit nombre
de ses ennemis; nouveaux Pygmées, mon-
tés sur des échasses et dont les clameurs
continuelles semblent alarmer la pusilla-
nimité , mais qui ne peuvent nullement
en imposer à l'homme fort et courageux.

C'est en vain que la discorde fait encore
siffler ses serpens, et secoue sa torche incendiaire; le ministère, en habile pilote,
saura toujours, je l'espère, diriger le navire
de l'Etat vers le port; et il y parviendra
s'il persiste à tenir le gouvernail d'une
main ferme et assurée.

Il lui reste, il est vrai, bien des choses
à faire, bien des passions à étouffer, bien
des menaces à braver, bien des dégoûts
à surmonter, bien des préventions à vain-

cre. Mais à quoi ne parvient-on pas avec du courage, de la résolution et de la persévérance?

Cependant, s'il veut parvenir à son but, nous ne nous lasserons pas de lui crier que pour consolider l'édifice social il ne doit employer que de bons matériaux, et qu'il ne doit se faire aider que par des gens dévoués comme lui à la monarchie. Il serait absurde de croire qu'il peut se fier à ceux dont l'opinion est opposée à la sienne. Il en est de la croyance politique comme de la croyance religieuse : chacun persiste dans la sienne, soit par amour-propre, soit par conviction ou par intérêt, soit enfin pour ne pas être considéré comme apostat aux yeux de ses propres sectaires.

Si quelquefois, pour conserver ou obtenir des places et des honneurs, on dissimule son opinion, c'est, outre l'intérêt personnel, afin d'être utile à son parti. De là vient que tant de gens en place, ou conspirent eux-mêmes, ou ferment les yeux sur les conspirations, et protégent les conspirateurs.

Buonaparte l'avait si bien senti, qu'à son retour de l'île d'Elbe, il eut soin de déplacer les royalistes et de mettre à leur place des hommes qui lui fussent dévoués.... Conduite conséquente et fort politique, parce qu'il craignit justement que si les royalistes restaient en place, ils ne contribuassent de tout leur pouvoir au retour des Bourbons.

Le ministre D...... avait également ses motifs lorsqu'il fit tant de réformes parmi les royalistes en place.

Pourquoi donc un ministère royaliste craindrait-il ou différerait-il de s'entourer de royalistes, et de les appeler aux postes qu'ils peuvent occuper? Pourquoi s'appitoierait-il plus sur le sort des buonapartistes, des républicains ou des jacobins, que ceux-ci ne le faisaient autrefois à l'égard des royalistes qu'ils chassaient? C'est le sort des partisans de tomber avec leur faction. La légitimité doit rappeler à elle tout ce qui est légitime, et se servir de tout ce qui est loyal et dévoué. Sans cette justice, le pouvoir est supposé caresser ses ennemis par crainte, et repousser ses amis par lâcheté ou par ingratitude. Qu'en arrive-t-il? que par cette conduite, on décourage les bons, et on enhardit les méchans: car si l'on hait l'ingratitude, on méprise la faiblesse; dès-lors on n'en impose plus à personne, on ne s'attache plus personne, et par cela même on est abandonné de tous. Le ministère D...... en est une preuve récente.

D'ailleurs fut-il jamais sage et politique de laisser le pouvoir à qui peut l'employer contre nous? N'est-il pas absurde de confier des armes à qui veut nous donner la mort? Peut-on consentir à se livrer à la bonne foi de ses ennemis, lorsque l'on a des amis dévoués toujours prêts à nous défendre?

Les ministres actuels n'agiront point ainsi. Ils ôteront aux ennemis de la monarchie les moyens de lui nuire désormais.

Ils n'ont été redoutables jusqu'à ce jour que parce qu'ils pouvaient l'être; en leur ôtant le pouvoir, ils rentreront dans la poussière; et si en rampant ces reptiles dangereux sifflaient encore, au moins leur venin ne pourrait plus nous atteindre.

IL FAUT PROTÉGER LA RELIGION.

« Ou règne la religion, a dit Machiavel, on introduit facilement la discipline. » En effet, ne dit-elle pas de *rendre à Dieu ce qui appartient à Dieu, et à César ce qui appartient à César?* Comment donc l'impie ou l'athée qui ne rend rien à Dieu, consentirait-il à rendre aux hommes? Aussi les faiseurs de révolutions connaissent si bien l'influence de la religion, qu'ils commencent par pervertir le peuple, lorsqu'ils veulent s'en servir pour bouleverser un Etat; parce que le peuple, privé de ce frein puissant, se

laisse bientôt entraîner par ces guides perfides à toutes les fureurs des passions.

Sans la religion, sans la crainte des
châtimens célestes, qui peut empêcher
le pauvre, privé souvent du nécessaire,
de dépouiller le riche ; le serviteur de
voler son maître ; le fils de tuer son
père, afin de jouir plus tôt de son bien ;
l'homme en proie aux passions de s'y
livrer ; le sujet enfin d'assassiner son
roi, comme l'ambitieux de renverser
l'Etat ? Les lois civiles ne sont rien pour
l'athée ; il faut toujours mourir, dit-il,
et s'il parvient à se soustraire au châtiment qu'il mérite, il jouit paisiblement
des fruits de ses crimes. Est-il atteint
par le glaive de la loi ? il s'en console,
puisqu'il ne considère la mort que comme
un sommeil éternel.

« Malheur à l'État, dit encore Ma-
» chiavel, où la crainte de l'Être suprême
» n'existe pas. Il doit périr, ou bien être
» soutenu par la crainte du prince même
» qui supplée au défaut de religion.

» Mais comme les princes ne règnent que
» le temps de leur vie, il faut néces-
» sairement que cet État périsse tôt, qui
» ne tient qu'à la vertu de celui qui
» règne, et comme le Dante le dit par-
» faitement : »

« Rarement les vertus transmises par un sage,
Du trône à ses rameaux parviennent d'âge en âge;
Ainsi le veut celui qui les donne aux humains,
Pour nous faire implorer ce bienfait de ses mains. »

Mais pour parvenir à rétablir en France
la religion, il ne suffit pas de nommer
de nouveaux évêques, et de former de
nombreux séminaires ; il faut encore
assurer aux prêtres un sort indépendant,
afin de les faire plus respecter de leurs
paroissiens, ce qui ne pourra exister
tant que, pour subsister, ils auront
besoin de leurs secours.

En effet, y a-t-il rien de plus digne
de pitié que de voir dans la France, autrefois si chrétienne, les ministres de la
religion dépendre de leurs ouailles pour
vivre ? et, semblables au mendiant qui

vient frapper à leur porte, mendier à leur tour un supplément de traitement que leurs besoins réclament !

Tel est l'état d'abjection dans lequel est tombé le clergé de France depuis qu'une révolution funeste l'a dépouillé de ses biens ; état humiliant auquel le ministère portera, je n'en doute pas, le remède le plus prompt. Alors seulement la religion sera relevée ; alors seulement ses ministres seront respectés ; seulement alors ils pourront porter avec succès la parole de Dieu, et recueillir le fruit de leur zèle et de leurs travaux.

Mais, me dira-t-on peut-être, la France est déjà surchargée d'impôts, et vous voulez encore les augmenter. Je répondrai que cet impôt existe déjà, puisque les communes en sont chargées, et qu'il s'établit par une imposition extraordinaire dans celles qui n'ont pas de revenus suffisans (et c'est le plus grand nombre) ; en outre, que cet impôt pèse considérablement sur les communes pauvres et peu populeuses, tandis qu'il est très-léger pour celles qui sont riches et peuplées, puisque celles-ci ne donnent pour la plupart à leurs desservans que le même supplément de traitement. Il n'en serait plus de même si le gouvernement se chargeait de cet impôt; parce que pris sur toute la masse, il deviendrait faible pour chacun, et ne serait plus arbitraire et volontaire, mais bien obligatoire comme tout autre impôt; ce qui dès-lors ôterait au clergé cette dépendance si pénible, et si funeste à la religion et à la morale.

Enfin, je le répète, point d'État sans religion; point de religion sans culte; point de culte sans ministres; point de succès de leur part, et point de respect pour eux sans un sort honorable et indé-pendant.

LICENCE DE LA PAROLE. ABUS A RÉFORMER.

Dans un gouvernement tel que le nôtre, où personne n'est au-dessus des lois, comment se fait-il que des députés qui jurent, en entrant en fonction, fidélité au roi et à sa constitution, comme aux lois de l'État, se permettent néanmoins impunément, dans chaque session, des discours capables d'exciter des révoltes et des insurrections tendantes à renverser ce même gouvernement auquel ils ont prêté serment?

Telle est cependant la faiblesse du réglement de la Chambre des députés, que les membres qui abusent d'une manière si coupable du droit de la parole, sont, pour toute punition, rappelés à l'ordre : châtiment illusoire pour des hommes turbulens qui veulent et cherchent le scandale.

Aussi l'un d'eux qui s'était mis dans le cas du rappel à l'ordre, a-t-il répondu au président qu'*il s'en moquait* (*) ; réponse indigne de tout homme qui a reçu la moindre éducation, et qui néanmoins resta impunie !

En Angleterre, un député qui se conduirait ainsi serait condamné à aller à genoux implorer le pardon du président. Heureux encore s'il n'était pas condamné à aller à la Tour de Londres expier sa faute.

Quelle opinion cependant auraient de la nation française les peuples de l'Europe, si tous les députés ressemblaient aux hommes que je signale ? Quelle estime ces mêmes hommes peuvent-ils inspirer aux départemens qui les ont choisis pour mandataires ? Car enfin ils n'ont pas été délégués par leurs concitoyens pour aller à la chambre prêcher le

(*) L'expression, que je ne cite pas par égard pour la Chambre, fut plus indécer que celle-ci.

désordre et l'insurrection ; mais au contraire pour défendre les intérêts de leurs
commettans ; se soumettre les premiers
aux lois qu'ils contribuent à faire ; réformer
les abus, s'il y en a ; consolider nos institutions ; maintenir la paix et la tranquil-
lité ; travailler au bonheur de la France,
et donner les premiers l'exemple de la
subordination, de la décence, de la modération et de la dignité dans les délibé-
rations : tels sont leurs devoirs. En agissant comme ils l'ont fait jusqu'à ce jour,
c'est nous prouver évidemment qu'ils sont
plutôt les élus d'une faction et les pro-
duits de l'intrigue, que les véritables choix
de leurs concitoyens ; parce que la masse
aime toujours le repos et l'ordre, et que
l'intrigue au contraire, fille de l'orgueil
et de l'ambition, ne veut que le trouble,
afin de dominer. De tels députés ne peuvent donc que nuire aux départemens qui
les choisissent, comme à la chambre qui
les souffre.

Si l'on m'objectait que les votes des dé-

putés étant libres, ainsi que leurs opinions,
leur personne doit être inviolable, je ré-
pondrais : Lorsqu'un député, sans s'écarter
du respect, de la décence et de la modération, se borne à émettre son opinion et
à combattre celle de ses collègues pour
éclairer la Chambre et dans la seule vue
du bien public, nul doute que sa personne doit être inviolable. Mais, lorsque,
dans ses discours, on n'aperçoit que passion et que haine; lorsqu'on ne découvre
en lui qu'un ambitieux démagogue, qu'un
factieux qui veut dominer, que le frondeur et le persécuteur d'un gouvernement
qu'il a juré de défendre et qu'il contribue au contraire à détruire par des pro-
vocations insurrectionnelles : dès-lors il
s'en déclare l'ennemi ; il viole à la fois et
son serment et ses devoirs de citoyen; il
rentre dans la classe des coupables, et doit
être puni comme tel.

En effet, est-il bien juste et bien conséquent de condamner un individu qui,
dans un lieu public, aurait prononcé quel-

ques phrases coupables, tandis que le député qui a pu l'égarer, l'exciter même
par ses discours et son exemple, demeure
inviolable parce qu'il est député? Mais,
plus les conséquences sont dangereuses,
plus la faute est grande, et plus l'auteur
est coupable. Et s'il en était ainsi, la
Chambre ne serait bientôt plus qu'un
foyer de discorde, qu'une torche incendiaire qui irait porter ses ravages jusqu'aux extrémités de la France; l'éloquence ne serait plus qu'un don funeste,
et le monde par elle serait bientôt bouleversé. Je citerai à ce sujet quelques mots
d'Aristote.

« Il s'est élevé, dit-il (*), des hommes
» ambitieux qui emploient leurs talens à
» flatter la multitude, à l'enivrer de l'opi-
» nion de son pouvoir et de sa gloire,
» à ranimer sa haine contre les riches,
» son mépris pour les règles, son amour
» de l'indépendance. Leur triomphe est

(*) Dans son Traité des gouvernemens.

» celui de l'éloquence, qui semble ne s'être
» perfectionnée de nos jours que pour in-
» troduire le despotisme dans le sein de
» la liberté même. Les républiques sage-
» ment administrées ne se livrent pas à ces
» hommes dangereux ; mais partout où ils
» ont du crédit, le gouvernement parvient
» rapidement au plus haut degré de cor-
» ruption, et les peuples contractent les
» vices et la férocité des tyrans. »

Si donc l'on ne veut pas qu'il en soit
bientôt ainsi en France, il est temps d'arrêter ce dangereux abus d'une éloquence
factieuse signalée par Aristote, et déjà trop
enracinée parmi nous. L'on y parviendrait,
je crois, en ajoutant aux règlemens de la
Chambre une disposition énergique contre
tout député qui, par ses discours, provo-
querait les passions et le trouble, et man-
querait au respect dû à la Chambre et au
gouvernement.

Par ce moyen, on serait enfin délivré
de ces orateurs coupables, de ces ambitieux forcenés qui de la Chambre font une

arène, de l'éloquence une {arme perfide,
et de leur patrie un vaste champ qu'ils
voudraient exploiter à leur profit, après
l'avoir bouleversé.

SUR LES LOIS.

Jamais peuple n'eut autant de lois que
le peuple français, et cependant aucun
n'eut autant besoin que lui de reconsti-
tuer sa législation. (*)

N'est-il pas inconcevable que, depuis
douze ans que nous avons le bonheur de
revivre sous l'empire de nos rois légitimes,
nous soyons néanmoins encore régis par
les lois faites lors de leur exil, et contre
leur propre gouvernement? Chaque jour

(*) Montaigne disait déjà de son temps : « Il
» y a plus de lois en France qu'il n'en faudrait
» pour régler tous les mondes d'Epicurus. » Que
dirait-il donc s'il vivait de nos jours?

dans les tribunaux on juge d'après les lois de la *République française une et indivisible*, et d'après celles de l'*Empire* ou du *Code Napoléon*. Ce monstrueux mélange de lois anciennes données par nos rois, avec les lois fondées sur les débris de leur trône, et celles-ci ajoutées aux lois accordées depuis le retour de la légitimité, semble ne choquer personne. Nos jurisconsultes invoquent tour à tour les lois de 1789, de 1793, de 1814, sans paraître frappés de cette incohérence. Que diraient les Suger, les d'Amboise, les Sully, les Séguier, les Daguesseau, les Molé et le malheureux Malesherbes, si, tout à coup sortant de leurs tombeaux, ils voyaient sous le règne d'un descendant de leurs rois, leurs lois confondues avec les lois révolutionnaires et portant encore les noms de *Brumaire*, de *Vendémiaire*, de *Germinal*, etc.? Justement indignés, ils s'écrieraient sans doute : « Législateurs modernes, comment depuis « plus de douze ans que vous êtes ap-

» pelés à régénérer le peuple français,
» souffrez-vous que les lois de nos rois
» soient confondues avec celles des des-
» tructeurs de leur trône? Comment ces
» lois (et sans frémir on ne peut rap-
» peler l'époque qui les a vues naître)
» existent-elles encore sous les mêmes
» dénominations de dates? Avez-vous
» donc oublié que ce fut sous leur empire
» que périt sur l'échafaud le dernier de
» nos rois? Avez-vous oublié que ce
» fut au nom de ces mêmes lois que
» des ruisseaux du sang le plus pur inon-
» dèrent le sol de votre malheureuse pa-
» trie? que vos pères, vos frères, vos
» enfans, vos amis, et tant de dignes
» Français payèrent de leur vie leur at-
» tachement à leur souverain? Les Fran-
» çais sont donc bien déchus de leur
» ancien amour pour leurs rois, puisqu'ils
» n'ont point encore effacé toutes les
« traces de ces lois assassines, de ces
» lois spoliatrices, de ces lois anti-reli-
» gieuses, anti-monarchiques et même

« anti-sociales, et qu'ils consentent encore
« à être régis par elles sous le règne
« d'un Bourbon ! »

Voilà ce qu'ils diraient ; et nous cependant qui avons été témoins de l'affreux
emploi qu'on en a fait, de l'époque horrible qui les a vues naître, nous nous tai-
sons, et nous invoquons encore ces mêmes
lois au besoin ! Il semble que comme Mi-
thridate, habitués au poison, il ne nous
cause plus d'effroi ni de mal. Indifférens
à tout, le malheur paraît nous avoir fait
oublier la cause qui l'a produit ; et semblables au moribond qui retrouve un peu
ses sens, le passé pour nous n'est plus
qu'un songe, le présent un fantôme, notre
existence un doute.

Il est temps, il est bien temps enfin
que nos législateurs se réveillent, et que,
sortant de leur assoupissement, ils enlèvent
de notre code tout ce qui rappelle nos
affreuses dissensions ; qu'ils effacent jusqu'aux dernières traces de ces lois contre
les émigrés, de ces lois qui ordonnent la

déportation des prêtres, les spoliations des
fortunes, et l'oubli de la justice ! de ces
lois enfin qui nous rappellent l'empire du
crime!... Que des lois fortes et protectrices
les remplacent ; et que, sous le nom de
Code Royal, elles nous fassent oublier le
fatal interrégne qui nous sépara de nos
rois légitimes, comme les prétendus gouvernemens auxquels elles durent le jour !

Et vous, ministres d'un monarque chéri,
vous qu'il honore de sa confiance, vous
saurez vous en rendre dignes ; vous nous
rappellerez l'heureux ministère du grand
Sully. Comme lui, vous donnerez pour
base à la monarchie la force et la justice.
Par des lois sages et sévères vous conso-
liderez nos institutions ; vous protégerez
toujours la vertu, récompenserez le mérite,
et ferez trembler le vice ; vous arrêterez le
poison contagieux des mauvais écrits, et
les funestes effets de l'impiété ; vous ferez
refleurir la religion et les bonnes mœurs ;
vous diminuerez les impôts ; vous ne con-
fierez l'autorité qu'au mérite ; vous éclai-

rerez sans cesse notre roi sur ses vrais intérêts ; et vous préférerez abandonner les rênes du gouvernement plutôt que de consentir à l'exposer, par une faiblesse coupable, à de nouveaux dangers.

Souvenez-vous toujours que ce n'est point par les intentions, mais seulement par les actions, que l'on juge l'homme d'Etat. Enfin nous vous répèterons sans cesse, comme M. DE BONALD : « *Soyez justes, mais soyez forts !* »

SUR LES TEMPLIERS.

LES opinions ont toujours jusqu'à présent été partagées sur la culpabilité des templiers : moi-même, je l'avoue, j'ai éprouvé la plus douloureuse impression en faisant la lecture de leur supplice et de la destruction de leur ordre. Plein d'admiration pour les hauts faits dont leur histoire est remplie, je ne pouvais les condamner, et je fus encore fortifié dans mon indulgence en leur faveur, en lisant l'*Histoire critique et apologétique des Templiers*, par le père Jeune, prémontré.

Dans une conversation que j'eus avec l'abbé Barruel (*), un ou deux ans avant

(*) Auteur des *Helviennes* et de l'*Histoire du Jacobinisme*.

sa mort, je lui fis part de mes doutes, et je lui citai l'histoire ci-dessus mentionnée. Comme il ne la connaissait pas, il me pria, avant de me répondre, de lui donner l'analyse de cet ouvrage. Je la fis (*), et je reçus quelque temps après la lettre suivante.

(*) Voici l'analyse que j'envoyai à l'abbé Barruel : Sans absoudre tous les templiers, l'auteur de cet ouvrage rejette avec énergie la culpabilité et l'infamie dont on a couvert l'ordre entier.

Il réfute en conséquence les différens auteurs qui les ont accusés, savoir :

Le *Père Daniel* (Hist. de France), qui accuse les templiers d'avoir été les plus méchans des orientaux.

Voltaire (Annales. de l'Empire), qui dit qu'ils se battirent aussi souvent contre les hospitaliers que contre les musulmans.

David Hume's (Hist. d'Angleterre), qui les accuse de s'être livrés totalement aux plaisirs de la table, de la chasse et de la galanterie.

Hermant (Hist. des Conciles, tome 3, pag 336), qui écrit que plusieurs d'entre eux abjurèrent leur religion pour embrasser le mahométisme.

L'abbé Velly (Hist. de France), qui les taxe de

Monsieur ,

Mille remercîmens pour la bonté que
vous avez eue de vous charger de ma com-
mission, et bien spécialement par la manière dont vous l'avez remplie. C'est là

trahison avec les infidèles, et de brigandage contre
les peuples qu'ils devaient protéger par leur institution.

Dupuis (Hist. de l'ordre militaire des Templiers.)
Gonffredy (Hist. de Provence, liv. 5, pag. 195.)
et le *Père Daniel,* qui assurent qu'ils ont croupi
pendant près de cent ans dans une corruption générale ; qu'ils furent les auteurs de toutes les pertes
des chrétiens en Orient, et convaincus par une infinité de témoins.

Il taxe de mensonge *Jean Héroldus* (Cont. tyr.,
lib. 5, cap. 15), qui rapporte qu'un certain Roger,
prétendu grand-maître de l'ordre, après avoir été
chassé de Syrie, ravagea Athènes, toute la Thrace
et l'Hellespont.

Il réfute également *Dupuis* et *Gulter* sur la prétendue idole de bois revêtue de la peau d'un homme,
à laquelle ils sacrifiaient des enfans provenus de
leurs mariages avec des vierges, et qu'ils faisaient
rôtir pour l'oindre de leur graisse.

précisément cet esprit d'analyse que je désirerais trouver dans les gens de lettrès chargés de nous faire connaître les nouvelles productions du monde littéraire.

Celle de votre chanoine régulier m'annonçait une grande entreprise , un seul

Enfin, il ajoute que toutes les pièces du procès qu'on leur intenta (*Hist. du Droit public, ecclésiast. français, tom.* 2, *pag.* 46), sont supposées, et qu'on n'a voulu qu'en imposer aux lecteurs, se jouer de la crédulité des hommes, et faire voir jusqu'où peut aller l'impudence et le mensonge.

En outre, voici comment est conçue l'approbation mise à la fin de l'ouvrage.

« J'ai lu , par ordre de Son Exc. le garde des sceaux, le manuscrit intitulé : *Histoire critique et apologétique des Templiers,* etc. Les événemens par lesquels cet ordre a fini, sont si extraordinaires, que les opinions ayant, depuis ce temps, toujours été partagées sur la forme et le fond de ce procès, et sur les jugemens qui en ont été rendus, chaque auteur peut prendre celle qui lui paraîtra la plus vraie. J'ai trouvé cet ouvrage écrit d'une manière intéressante, et j'estime qu'on peut en permettre l'impression.   A Nancy, le 3 juillet 1770.

Signé, CHASSEL.

article m'a suffi pour juger la manière dont il l'a remplie.

« Ce beau monsieur prétend donc que *toutes les pièces du procès qu'on fit aux templiers sont supposées, et qu'on n'a voulu qu'en imposer aux lecteurs, se jouer de la crédulité des hommes, et faire voir jusqu'où peut aller l'impudence et le mensonge.*

« Voilà ce qu'on appelle trancher le nœud gordien. Je doute seulement que l'homme qui a pu se permettre une pareille solution, ait eu la moindre idée des lois d'une saine critique, relativement aux faits historiques. Je parierais qu'il ignorait lui-même toute l'étendue de sa supposition. Qu'est-ce en effet que de taxer de fausseté toutes les pièces de ce procès? Ce n'est pas seulement prêter à Philippe-le-Bel et à Clément V. un caractère plus féroce que celui des Néron, plus astucieux que celui des Tibère; c'est encore accuser d'un forfait monstrueux, 1° tous les baillis, magistrats, prud'hommes, gentilshommes, gens de lois appelés pour assis-

19

ter aux premiers interrogatoires des templiers, dans toutes les villes, bourgades, ou châteaux dans lesquels ils furent arrêtés ; car ces pièces, déjà très-nombreuses, ne sont encore que les premiers procès-verbaux de leurs interrogations. 2° C'est vouloir qu'un seul inquisiteur (Guillaume), chargé de l'examen de cent quarante templiers réunis à Paris, ait pu en imposer à tous les notaires et à tous les témoins de cet examen, et leur faire signer et certifier des réponses purement imaginaires, et que tout Paris et toute l'Europe auraient crues réelles. 3° C'est vouloir que le pape Clément V, trompé par cette prétendue imposture, et irrité de ce que l'on avait intenté un procès aux templiers sans son autorité, n'ait été lui-même que l'auteur de cette nouvelle imposture, lorsqu'il voulut examiner lui-même et faire examiner par les cardinaux, soixante-douze de ces mêmes templiers qui tous, sans la moindre menace et sur le simple serment de dire la vérité, confessèrent les crimes dont on les accusait. 4° C'est encore vouloir qu'ils en aient imposé à tout l'univers, ces archevêques, évêques et autres prélats français, chargés à Paris d'un quatrième examen, invitant tous les templiers à venir eux-mêmes plaider la cause de leurs frères; invitant de même toutes autres personnes qui voudraient les justifier, à parler et déposer sans crainte tout ce qu'elles sauraient de favorable à l'ordre, recevant, accueillant avec la même impartialité, et surtout sans la moindre menace, plus de deux cents dépositaires, soit pour, soit contre. 6° Ce serait donc encore autant de fictions que tout ce que l'histoire nous a transmis de ces conciles tenus non-seulement en France, mais en Italie, en Ecosse, en Irlande, en Angleterre? 7° Et ce seraient donc encore des aveux factices que ces aveux publics du grand-maître même, non-seulement devant les juges, mais devant l'assemblée générale des docteurs de Paris, convoqués pour l'entendre le surlendemain de sa captivité. Et cette lettre

écrite par lui-même pour apprendre à ses
frères qu'il a tout avoué; et ces consultations que nous avons encore sur la conduite à tenir à l'égard de ce grand-maître
qui tantôt avoue, tantôt rétracte pour
avouer encore; et tantôt encore semble
défier la torture à laquelle on décide po-
sitivement qu'il ne faut pas le soumettre,
et dont il ne fut jamais menacé. 8° Et pas
un seul homme, soit avant, soit après la
mort de Philippe et de Clément V, n'aura
osé se récrier contre la fausseté de tous
ces actes ! Et ce seront précisément tous
les auteurs contemporains qui en auront
le mieux contesté l'authenticité ! Et ce seront des milliers d'hommes les plus dis-
tingués, les plus révérés, nommés dans
tous ces actes, soit comme juges, soit
comme témoins, qui auront accrédité,
laissé s'accréditer, sous leurs noms, la plus
noire et la plus monstrueuse imposture !

« Admettez après cela un seul fait ou un
seul monument historique : je défie que
l'on en trouve un seul dont l'authenticité

ne puisse être démentie, si celle de ces
actes, de ces procès-verbaux, de ces conciles, de ces consultations, n'est pas dé-
montrée. Jugez ces actes mêmes, j'y con-
sens, ou plutôt, jugez les templiers d'après
ces actes; mais ne me parlez plus histoire,
si ces monumens-là sont supposés. Si les
crimes des templiers sont incroyables,
voulez-vous que je croie à la scélératesse,
à la férocité que vous supposez à Philippe et à tant d'autres rois, au pape et à
tant de cardinaux, d'évêques, de magistrats, de gentilshommes, de témoins de
toutes conditions, qui auront contribué à
des suppositions si monstrueuses.

« Observez, je vous prie, qu'autre
chose est de soutenir l'authenticité de ces
actes, et autre chose de soutenir que les
templiers ont été bien et dûment jugés,
condamnés et brûlés. Mes yeux (*) en ce
moment ne me permettant pas d'entrer
dans cette question, sur laquelle cepen-

_____

(*) L'abbé Barruel était alors presque aveugle.

dant j'ai une opinion bien fixe, me réduisent à ne soutenir que ces actes originaux et les monumens historiques du temps. Très-certainement l'ordre des templiers était coupable de bien des horreurs, et surtout de l'abnégation de Jésus-Christ (*); 2° que dans l'ordre il exista des chevaliers innocens de ces horreurs, parce que très-certainement on en trouva plusieurs dont la réception n'avait eu rien de semblable à ces abominations; 3° que les juges des templiers eurent un tort cruel et dans les tortures qu'ils firent subir à plusieurs, et surtout dans le prétexte qui leur faisait prendre pour relaps ceux qui ne faisaient que maintenir leur innocence, ou même ceux qui, après avoir confessé leurs crimes, rétractaient cette confession. Le principe était faux, et la condamnation au feu, horrible. Les templiers ne devaient être jugés que sur des aveux libres; et

(*) C'est probablement pourquoi la secte des illuminés, qui voulait renverser la religion chrétienne, considérait Molai comme un martyr.

certes il y en avait de cette espèce un
nombre plus que suffisant pour en abolir
l'ordre , en se contentant de condamner
les coupables à des peines purement cano-
niques, et non pas à un supplice affreux.

« Voilà , Monsieur , ce que je me char-
gerais de démontrer, si mes yeux me per-
mettaient de faire usage de tout ce que
mes recherches m'ont fourni sur cet objet.
Quant à présent , je me contente de conclure que cet auteur n'avait pas l'ombre
des connaissances que devaient lui fournir
les lois d'une saine critique , lorsqu'il part
d'une base aussi fausse que la prétendue
supposition des procédures et actes relatifs
au jugement des templiers. »

Signé BARRUEL.

Après avoir lu la lettre ci-dessus, qui
n'est que le résumé du procès fait aux
templiers et de leur condamnation , je
restai convaincu que les templiers condamnés furent coupables ; mais en même
temps mon cœur fut soulagé en songeant

que l'ordre entier ne partagea pas toutes
les horreurs dont on l'accusa.

Si , après l'opinion de l'abbé Barruel ,
j'osais émettre la mienne , je dirais que
dans tout corps nombreux , il se trouve
toujours des êtres corrompus qui en corrompent d'autres. Il a donc pu se faire
que , parmi les templiers , il se soit trouvé
de ces hommes pervers qui , formant en
secret une secte infâme, y auront entraîné
des âmes faciles ou perverses , et dans ces
réunions occultes, auront pu commettre
des actions coupables et agir en un sens
opposé à leur institution. Mais croire qu'un
ordre entier qui , depuis son origine , s'était
voué à la défense du tombeau de Jésus-
Christ ; qui répandait chaque jour son
sang pour protéger les chrétiens pieux qui
venaient visiter la Terre-Sainte ; qui avait
donné en tout temps des preuves d'une
valeur extraordinaire ; qui défendit pied à
pied les lieux saints contre les efforts des
infidèles , jusqu'à ce que , abandonné de
toute la chrétienté , et affaibli par des pertes

continuelles, il ait été presque anéanti ;
enfin, prétendre qu'un ordre aussi brave,
qui supportait chaque jour la faim, la
soif, la fatigue, les blessures, pour défendre le tombeau de Jésus-Christ, ait pu
renier ce même Jésus-Christ, et fouler aux
pieds sa croix, c'est adopter une opinion
que la raison repousse. Il n'y a en effet
qu'une foi vive, un enthousiasme soutenu, qui puissent porter des hommes,
riches pour la plupart, nobles et consi-
dérés, à abandonner patrie, famille et richesses, pour aller répandre leur sang
sur une terre étrangère. Serait-il donc
présumable que tant de gens, qui s'étaient
enrôlés sous la bannière de la religion pour
aller la défendre, l'eussent protégée d'une
part et outragée de l'autre ?

Je crois donc que les sermens que l'on
faisait prêter aux templiers, étaient de
remplir fidèlement la noble et pieuse profession qu'ils embrassaient, et de défendre
la religion chrétienne à la vie et à la mort ;
que la plus grande partie a été fidèle à ce

de ces braves chevaliers, des âmes perverses, cachées dans l'ordre, ont formé
une secte occulte et odieuse, qui, décou-
verte enfin, a chargé l'ordre entier d'op-
probre et d'infamie, et a nécessité sa dissolution.

Telles sont les conséquences du crime :
non-seulement il cause la punition du
coupable, mais il entraîne souvent encore
l'innocence dans sa ruine.

SUR LA MÉMOIRE.

•⦃•⦃•⦃•⦃•

LETTRE A M. L'ABBÉ BARRUEL.

Je m'empresse, Monsieur, de vous exprimer les sensations que j'ai éprouvées en lisant vos observations sur la lettre L de vos *Helviennes*, dans laquelle vous réfutez les philosophes ou plutôt les sophistes modernes, qui supposent aux animaux la même intelligence qu'à l'homme.

L'énergie de votre discours, la hardiesse de votre pinceau, la vivacité de vos couleurs, la force de vos raisonnemens, la clarté de vos réfutations, la suite non interrompue de vos preuves, m'ont fait comparer votre plume à une massue dont les

coups multipliés et si bien portés auraient
dû détruire à jamais les idées matérielles
et répugnantes qu'un vil orgueil fait naître
dans l'esprit de ces prétendus sages qui,
plus aveugles que le vulgaire qu'ils mépri-
sent , s'enfoncent dans les ténèbres en
voulant y chercher la lumière dont ils
s'éloignent. . . . .

. . . .

Permettez maintenant, Monsieur, qu'a-
vant de terminer cette lettre , je réclame
pour moi-même un peu de vos lumières ,
et que je vous prie de me définir la *mémoire*, ce don précieux qui reçoit de l'esprit et du savoir des autres une impression qu'il conserve, rend l'homme de société si aimable et si intéressant, et l'homme
de cabinet si savant et si profond? Je la
trouve tellement indépendante de l'esprit,
qu'elle me semble n'en point faire partie.
En effet, telle personne a beaucoup d'esprit et très-peu de mémoire, et telle autre a beaucoup de mémoire et fort peu
d'esprit. J'en ai entendu répéter mot pour

mot des discours presque entiers, qu'elles n'avaient entendus qu'une seule fois, et n'offrir par elles-mêmes ni moyens ni intelligence ; semblables à ces oiseaux auxquels on apprend à parler, et qui répètent, sans comprendre, ce qu'ils entendent dire. Ainsi je reste dans le doute si la mémoire fait ou non partie de l'esprit, quoique je sois convaincu néanmoins que l'homme spirituel, l'homme de génie même, ne peut sans son secours parvenir à de grandes choses. Car c'est en vain qu'un habile architecte voudra exécuter un plan qu'il aura conçu, s'il n'a pas auparavant rassemblé les matériaux qui lui sont nécessaires.

Vous donc, Monsieur, plus que moi habitué à réfléchir, à retenir, et surtout à bien définir vos pensées, pourrez m'expliquer une chose que vous possédez à un suprême degré, et dont vous savez faire un si utile emploi.

RÉPONSE DE L'ABBÉ BARRUEL.

« Pour en venir, Monsieur, à votre seconde question, à propos de laquelle vous
me dites des choses si flatteuses, au sujet
de mes *Lettres Helviennes*, vous me faites
sur la mémoire des observations très-
justes ; mais comme il y a des hommes
de beaucoup d'esprit avec peu de mémoire, et d'autres hommes de très-peu
d'esprit avec beaucoup de mémoire, vous
voudriez que l'on vous dît en quoi consiste
la mémoire ?

Remontons, Monsieur, à la source de
l'homme et de ses facultés, *ab Jove prin-
cipium*. Pourquoi est-il écrit que l'homme
fut créé à l'image de Dieu ? C'est que les
facultés de l'homme sont en effet une
image des perfections divines, départies
avec plus ou moins de réserve à la nature
humaine. Dans Dieu, la faculté de voir
le passé est complète, c'est-à-dire que Dieu
voit toujours également le passé, le pré-

sent et l'avenir. De là vient que la mémoire
de Dieu est parfaite. Car qu'est-ce en
soi que la mémoire, si ce n'est la faculté
de voir le passé, de nous le représenter
comme s'il était présent? En ce moment
il me souvient de mon voyage de C......;
là, je vous vois encore méditant grave-
ment sur un fauteuil quelque question
profonde, tandis que, d'un autre côté,
dans le même salon, je vois madame
de M....., les cartes à la main, égayant
son boston, disant, tantôt à son père,
tantôt au vieil abbé, les choses les plus
aimables, et nous montrant M. d'Al....
qui tremble de se trouver schlem. Oui,
voilà, Monsieur, ce que j'appelle *mémoire* :
La faculté de voir, de se représenter ce
qu'on a vu, ce qu'on a entendu; de re-
nouveler dans son esprit ses pensées, les
sciences mêmes qu'on a acquises. Au lieu
de la séparer de l'esprit, cette faculté
même en démontre l'unité; car si le *moi*
qui voit à présent le passé, n'est pas le
même *moi*, la même intelligence, le même

esprit qui le juge, le compare au présent ;
comment concevez-vous cette unité d'esprit, doué tout à la fois d'intelligence et de
mémoire? Rapprochez la mémoire de cette
autre faculté qui consiste à prévoir l'a-
venir ; l'homme sage le voit cet avenir,
comme s'il existait déjà. Il ne le voit pas
tout ; mais il participe à une portion de
cette sagesse d'un Dieu qui seul voit tout.
L'homme le plus borné prévoit l'été, l'hi-
ver, et règle d'avance sa conduite par cette
prévision. Comment le ferait-il, si ce n'é-
tait en lui le même esprit qui prévoit
l'avenir et qui le juge? Avec plus de sagesse, je vois mieux l'*avenir ;* avec plus de
mémoire, je vois mieux le passé. Voilà
toute la différence de la mémoire et de la
prévoyante sagesse ; mais voilà aussi l'iden-
tité du *moi* ou de l'esprit qui voit l'un et
l'autre, etc., etc. Ces deux facultés étant
très - différentes, l'une peut abonder où
l'autre manque, etc.

« Au commencement de cette lettre, je
ne m'attendais guère à faire une espèce de

dissertation passablement décousue. Une
fois commencée, je me suis laissé aller tant
que mes yeux me l'ont permis (*), encore
a-t-il fallu l'interrompre plus d'une fois,
pour ne la reprendre que le lendemain.
Enfin, telle qu'elle est, la voilà. Elle serait même plus longue, si mes yeux m'a-
vaient permis de me livrer à tout ce que
j'avais à répondre à vos questions sur la
mémoire. Vous aurez trouvé dans les con-
fessions de saint Augustin de bien belles
choses sur ce sujet ; mais avec tout cela,
je n'y ai pas trouvé la réponse à votre
question. Je souhaite que ma solution
vous paraisse aussi claire qu'à moi. La
faculté de me faire une image du passé,
de le créer en quelque sorte pour moi,
de manière à le voir par les yeux de l'esprit comme je vois le présent par mes
sens ; chose qui n'est pas plus étonnante
que celle de me faire et de voir l'image

(*) Comme je l'ai déjà dit, l'abbé Barruel, en
1813, époque de cette lettre, était presque aveugle.

que je me fais de l'avenir : voilà pourtant
toute la différence de la *mémoire*, qui me
rend le passé qui n'est plus, et de la *prévoyance*, qui me rend présent l'avenir qui
n'est pas encore. . . . .

. . . .

L'abbé Barruel. »

De cette définition on peut tirer cette
conséquence :

Que l'esprit est composé de trois parties principales, savoir : la mémoire qui
retrace le passé, l'intelligence qui conçoit
le présent, et la prévoyance qui dévoile
l'avenir.

En ajoutant à ces trois qualités, les facultés créatrices, on formera le génie qui
profite de ce qu'il a vu et appris, pour
créer ce qui n'a pas encore été fait, et
qui prévoit dans l'avenir le succès et l'u-
tilité de ses œuvres.

SUR LADY MORGAN.

Lady Morgan, Irlandaise, femme d'esprit, mais partiale et légère dans ses jugemens, a écrit, en 1817, un ouvrage en 3 volumes, rempli d'inexactitudes et même d'absurdités, intitulé *La France*. Pour parler d'un pays, il faut le connaître, et, pour le bien connaître, il faut non-seulement l'avoir parcouru, mais encore l'avoir habité long-temps ; sinon l'on tombe dans beaucoup d'erreurs en voulant généraliser des faits, et dans beaucoup de ridicules lorsqu'on parle de choses que l'on connaît à peine.

Au surplus, il en est du jugement de lady Morgan comme de ce voyageur su-

perficiel qui , descendant dans une auberge dont l'hôtesse était rousse , écrivit
sur ses tablettes que dans la ville de....,
toutes les femmes étaient rousses. Par
exemple , elle prétend ne s'être jamais
*arrêtée dans la moindre auberge du plus pe-
tit village* (ce sont ses expressions), *sans
que les fruits et le fromage de cochon qu'on
lui servait , ne fussent accompagnés de
cuillers et de fourchettes d'argent, très-mas-
sives.* L'on voit au moins , par *le fromage
de cochon et l'argenterie ,* qu'en ceci elle
ne juge pas trop défavorablement de nos
villages et de l'opulence de leurs habitans ;
et nous ne pouvons que lui savoir gré de
cet innocent et bienveillant mensonge.

Mais parmi divers autres jugemens tran-
chans et erronés de lady Morgan, je veux
en citer un qui donnera une forte idée de sa
manière de voir les choses ; et je doute que
le portrait qu'elle fait du caractère de figure nationale puisse plaire aux Français,
et que surtout ils le trouvent ressemblant.
Je veux néanmoins les en laisser juges.

« En nous rendant en France, dit-elle, nous avions fait un circuit considérable, et traversé une grande partie de l'Angleterre. Nous trouvâmes que la superbe race des paysans de ce pays, avec sa physionomie saxonne aussi belle que tranquille, son teint clair et la rondeur de ses muscles, étaient un fort mauvais préparatif pour des yeux destinés à voir un peuple parmi les perfections duquel on ne peut pas compter la beauté. La figure française, surtout dans les classes inférieures, me frappa vivement par l'air de ressemblance que je lui trouvai avec le visage du Tartare. Les os des joues élevés et aplatis, les yeux petits, un front bas, des traits concentrés dans leur ensemble, tel est le moule de physionomie qui me parut dominer dans les diverses provinces que je parcourus. »

Ainsi, le peuple français n'est plus qu'un peuple tartare, et ses traits ne sont plus que ceux de ces Calmouchs qui nous avaient paru si laids lors de leur apparition en

France, en 1814 et 1815. Ce que c'est que
l'aveuglement du préjugé national ! Avant
que lady Morgan eût daigné me l'apprendre, je ne m'étais pas aperçu de ces dif-
formités. J'avais trouvé même que les
Françaises l'emportaient sur les femmes
des autres nations et même sur les Anglaises, par la physionomie, la grâce et
l'agrément. Je n'avais jamais remarqué en
elles, non plus qu'en nous Français, ces
petits yeux, ces *os des joues*, *élevés et aplatis*, ce *front bas*, ces *traits concentrés*.
Beaucoup de Français et de Françaises, au contraire, m'avaient paru avoir
de beaux yeux, des traits réguliers, un
visage plein et ovale; enfin jusqu'alors j'a-
vais cru que, sans être régulièrement
beaux, ils n'avaient rien de difforme. Et
je serais même encore dans cette douce
erreur, si lady Morgan n'était venue tout
à coup détruire mes illusions.

Le plus cruel pour nous, c'est notre ressemblance inattendue avec les *Tartares;* et
ce qui m'afflige surtout, c'est de voir l'abâ-

tardissement de notre race primitive.. Car
Jules César qui, comme lady Morgan,
avait parcouru les Gaules avec autant de
succès au moins, quoique avec moins de
rapidité, dit (*) que *le dedans de l'Angleterre est habité par les indigènes, et la côte
par les Gaulois qui gardent encore leur nom
pour la plupart.*

Or, si lady Morgan, oubliant les Gaulois,
ne retrouve dans les paysans anglais que
la physionomie saxonne, nous devrions,
nous Français, avoir conservé également
quelques traits de ces Francs qui, comme
les Saxons, descendent de la Germanie,
et non de la Tartarie, et dont les traits par
conséquent devraient ressembler beaucoup
à ceux des Saxons dont ses jolis Anglais
descendent.

L'abbé de Vertot, dans une savante dissertation, soutient que les *Francs* et les
Germains avaient le même langage, les
mêmes coutumes et les mêmes lois ; et

(*) Commentaires de César.

nous voyons encore en Allemagne l'observation de la loi salique pour les grands
fiefs, loi établie dans l'origine des puis-
sances de cette contrée.

Le nom glorieux de Francs signifiait à
leur égard *Germains libres, indépendans,*
et les distinguait de ceux qui étaient soumis ou tributaires. Les Romains mêmes
les appelaient ainsi. Ce fut après avoir
vaincu les Bructères (*), et s'être emparés
de leur pays qu'ils eurent le Rhin entre
eux et la Gaule.

Les peuples qui par leur alliance pri-
rent le nom de Francs, étaient les Saliens,
les Chamaves, les Cattes, les Cauces, les
Agrivariens, les Sicambres, les Teuctères,
les Usipiens et les Attuaires ; et ce furent
ces peuples réunis qui, deux ans après,
conquirent les Gaules.

« Les Francs, dit Loreau, étaient

_____

(*) Peuples qui habitaient les contrées aujour-
d'hui appelées Westphalie et Over-Yssel, entre le
Rhin et l'Escaut.

d'une taille haute, ils étaient nerveux et agiles. Leurs grands cheveux blonds ou roux flottaient sur leurs épaules, ou bien tombaient en tresses; leur voix était forte; leur habit étroit consistait dans une saie qui couvrait le corps seulement, et laissait à découvert leurs bras blancs et musculeux; leur tête était couverte d'un bonnet fourré comme celui des Tartares d'aujourd'hui; une culotte étroite, semblable à celle de nos paysans, leur tombait sur le gras de jambe : elle fut d'abord en peau comme les autres vêtemens, mais dans des temps plus heureux, elle fut de toile ou de laine. » (*)

L'on voit, par ce portrait des Francs, nos ancêtres, qu'ils n'avaient de *tartare* que la forme de leurs bonnets, et que du reste, nos traits ressemblaient beaucoup aux traits de la *superbe race des Saxons*, que les paysans anglais, selon lady Morgan, ont eu seuls le privilége de con-

(*) Loreau, Histoire des Gaules.

server. Sans doute que lady Morgan, dans
quelqu'une des auberges où on lui servit
des fruits et du fromage de cochon avec
des couverts d'argent, frappée peut-être
de l'irrégularité des traits de ses hôtes,
et sans approfondir la chose, aura
trouvé plus facile d'écrire que les Français en général, semblables aux Tartares,
avaient de petits yeux, etc., etc. Par ceci
j'augure que la noble dame n'a parcouru
ni la Normandie, ni la Flandre, ni le
Languedoc, ni la Provence, ni mainte
autre province de France, où les femmes
en général ont de grands yeux, de beaux
traits, une taille svelte et élancée, à
moins que partout elle n'ait porté avec elle
son injuste prévention.

Au surplus, si je me permettais de
juger aussi superficiellement que lady
Morgan, je pourrais, d'après elle, penser
aussi que les Anglais, que l'on considère
comme un peuple réfléchi et judicieux,
voient mal, et observent en courant;
qu'ils sont en outre pleins d'orgueil na-

tional et de présomption, qu'ils ne vantent et n'estiment qu'eux, et qu'ils n'ont cependant pour eux que la vanité et l'écorce du savoir. Mais jamais je ne confondrai une nation entière avec quelques individus de cette nation; et lady Morgan, en jugeant si légèrement des personnes et des choses, m'apprend à ne pas l'imiter.

Veut-on maintenant connaître son jugement à l'égard du Louvre? le voici :

« Le Louvre, dit-elle, est un modèle aussi beau que parfait de cette architecture mixte qui peut être regardée comme véritablement et purement française (*et qu'elle appelle gallo-grecque*), dépourvu de grandeur et de simplicité; il réunit toutes les autres qualités : riche, varié, élégamment décoré, massif mais orné, solide quoique léger. »

Qu'il me soit permis de demander à mylady comment il peut être massif et léger tout à la fois ?

« Il me semble, poursuit-elle, un édifice tel que l'aurait inventé le génie bizarre

et fantasque de l'Arioste, pour en faire un
de ses palais de fées. Le Louvre enfin est
un de ces objets qui, dans les arts, plaisent, sans avoir pour plaire aucune
autorité classique (*).

Plus loin, elle ajoute (**) :

« Le Louvre est en ce moment le monument, sinon le plus parfait, au moins le
plus imposant et le plus splendide que le
génie de la sculpture et de l'architecture
ait jamais produit (***). »

Quant au choix de ses amis, par rapport aux opinions politiques, très en fermentation à l'époque où elle écrivit son

(*) Vol. 2, pag. 16.

(**) Vol. 2, pag. 19.

(***) J'en excepterai pourtant, sans faire tort à
l'éloge que lady Morgan fait du Louvre, la maison
dorée de Néron, le temple de Balbech, en Syrie,
et les ruines de Palmyre, ouvrages bien plus vastes
et plus magnifiques, où l'on a puisé pour élever la
superbe colonnade du Louvre, dont lady Morgan
ne parle pas.

Pierre Lescot et Philippe de Lorne firent les plans

ouvrage, elle paraît avoir été peu difficile,
et dit elle-même avoir quelquefois, le même
jour, déjeûné chez un libéral, dîné chez
un buonapartiste, et soupé chez un royaliste. Elle se montre même indulgente
pour les évènemens de la révolution. Néanmoins, au milieu des inexactitudes assez
fréquentes que l'on rencontre dans son ouvrage, et abstraction faite de son opinion
politique, lady Morgan montre parfois
de l'érudition. Elle a aussi fréquenté les
meilleures compagnies de Paris, dont elle
préfère souvent les usages à ceux mêmes
de sa patrie. Elle vante souvent aussi les
Français, leur gaîté, leur politesse qui existe

d'après lesquels on éleva le nouveau Louvre sur le
site de l'ancien. Henri II, Charles IX et Henri IV
contribuèrent à sa splendeur. On sait que le médecin Perrault donna le plan de la colonnade du Louvre
élevée sous Louis XIV. La galerie fut commencée
par Charles IX, continuée par Henri IV, et finie
par Louis XIV.

Le palais des Tuileries fut élevé par Catherine de
Médicis, en 1564.

jusque dans les moindres classes du peuple,
et ses comparaisons sont presque toujours
au désavantage de ses propres compatriotes ; ce qui , par galanterie, et par récipro-
cité de procédés , doit nous rendre un peu
indulgent pour ses erreurs. Son style est
d'ailleurs rapide et coulant, et paraît plutôt
celui d'un Français que d'une étrangère.
Il y a même, parfois de la chaleur et de
l'éloquence. Paris , qu'elle appelle *Rome
moderne* (*), est ce qu'elle a le mieux vu ,
et par conséquent le mieux décrit. Elle y
a fréquenté quelques savans qui n'ont pas
peu contribué sans doute à lui fournir les
matériaux où elle a puisé pour décrire les
différens édifices qu'elle y a parcourus.

« Le Palais-Bourbon , dit-elle, l'un des
plus beaux de l'Europe , fut bâti par
Louis XIV, pour sa fille naturelle la princesse de Condé , d'après les dessins de
Girardin (**). »

(*) Vol. 3, pag. 18.

(**) Vol. 2, pag. 12.

Parmi les anecdotes parsemées dans son ouvrage, j'ai recueilli la suivante, qui a rapport à ce fameux comédien tragique, qui, pour le malheur de l'Europe, a paru trop long-temps sur la scène.

« Le général Rapp était un matin dans l'antichambre de Buonaparte. Il vit un huissier faire entrer dans son cabinet un homme d'une réputation suspecte. Cet individu resta long-temps enfermé avec Buonaparte. Rapp devint impatient et même inquiet. Il entr'ouvit plusieurs fois la porte du cabinet pour voir ce qui s'y passait, avançant la tête et la retirant aussitôt. L'individu se retira enfin, et Rapp obtint audience.

« *Que diable vouliez-vous donc*, s'écria Buonaparte, dès qu'il le vit, *en mettant ainsi votre tête à la porte ?* — C'est que je tremblais pour vous, répondit Rapp. Vous ne savez donc pas que l'homme avec qui vous étiez renfermé, est un misérable, un drôle, un coquin, un *Corse*, en un mot. »

L'anecdote suivante est de moins bon

goût, et montre peu de tact et de politesse.

« M. G.....é, dit-elle, gentilhomme sans
titre, donna il y a quelques années à ses
domestiques la même livrée que le duc
de V...... faisait porter aux siens. Le duc
s'en formalisa. M. G.....é lui répondit que
les V...... l'avaient autrefois portée. »

Il me semble qu'une étrangère qui vante
elle-même l'accueil aimable qu'on lui a
fait dans toutes les sociétés de Paris, devrait être assez discrète, et surtout assez
reconnaissante pour ne rapporter aucun
trait qui pût blesser quelques-uns des
individus qui composent ces sociétés.

(*) Vol. 3, pag. 374.

FIN.

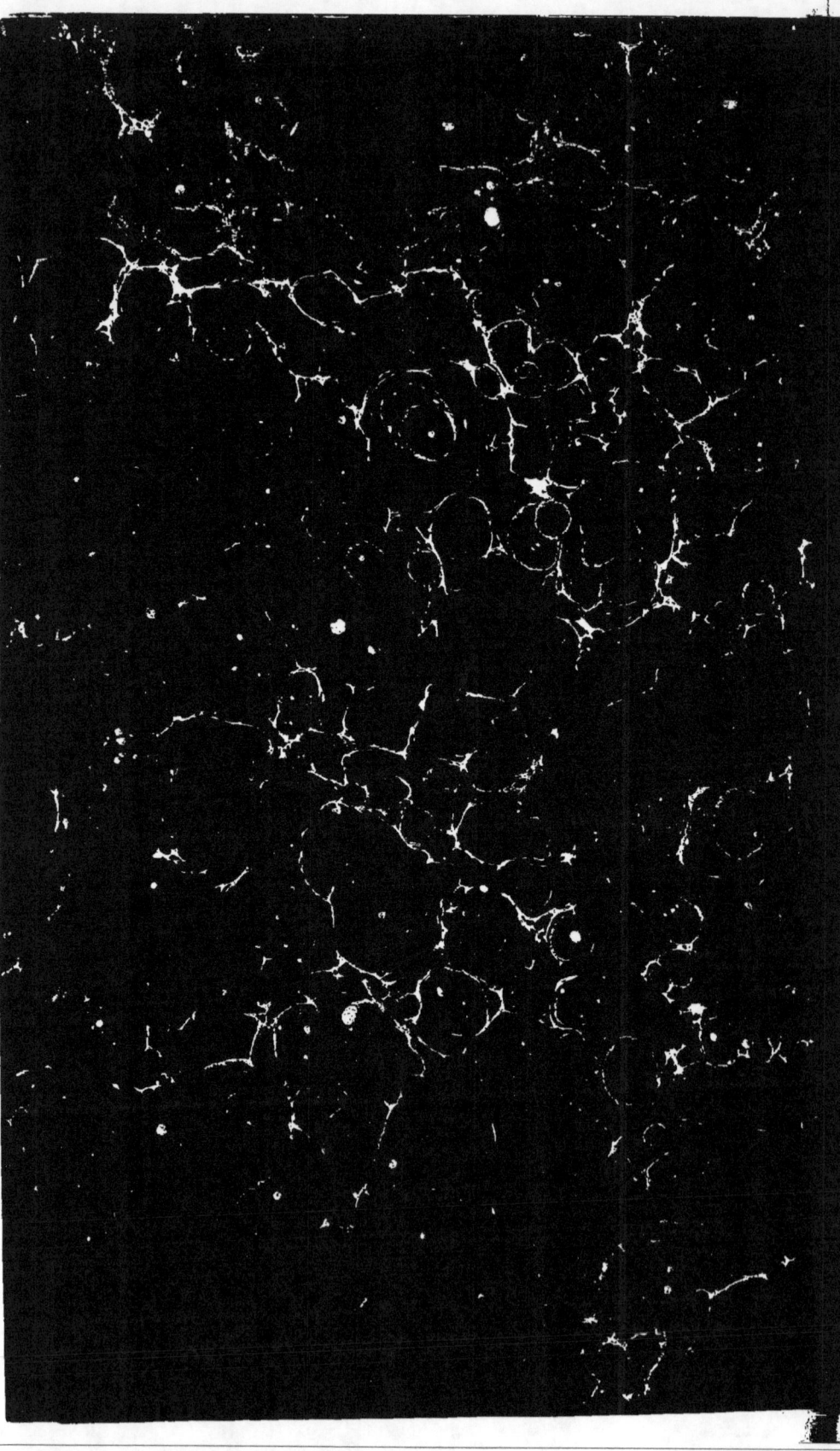